魔法科高中的劣等生 8

The irregular at magic high school

追憶篇

佐島 勤
Tsutomu Sato
illustration／石田可奈
Kana Ishida
illustrator assistant／ジミー・ストーン、末永康子

哥哥在我六歲時成為我的守護者。
要是我繼任當家的話，哥哥將終其一生都是我的影子。
除非我解除哥哥守護者的職責。
哥哥陪著我。
跟隨在我的身後。
我無法離開他。

司波達也

國中一年級。深雪的「守護者」。即使在親生母親深夜或妹妹深雪面前，也很少將自己的情緒展露於言表，旁人無從窺知他的想法。負責保護深雪的他受過高度武術訓練，實力甚至凌駕於成年軍人。

他無法逃離我。
束縛他的是我。
逃不掉的是他。
明明只有我能讓他恢復為平凡的國中生。
——我不擅長面對哥哥。
司波深雪
國中一年級。日本最強魔法師集團「十師族」之一——「四葉」家下任當家候選人。現任當家是姨母四葉真夜。從小容貌秀麗，近年更勝以往。魔法天分也很優秀，擅長「冷卻魔法」。

司波深夜
達也與深雪的母親。對待親生兒子達也的態度冷漠到恐怖。如今實力雖然大幅衰退，卻是唯一能使用精神干涉魔法，別名「忘川之女王」而受人畏懼的魔法師。
「在這種日子逛街購物也不太好……」

「您今天要安排什麼行程？」
櫻井穗波
深夜的「守護者」。之前擔任警視廳特務，勤於學習護衛工作的訣竅。是受到基因操作，強化魔法天分而成的調整體魔法師——「櫻」系列第一代。除了守護者的護衛工作，也負責照顧深夜的生活起居。

「他們膽敢對深雪下手，
非得接受報應。」
「哥哥……」

防衛陸軍中尉，任職於兵器開發部。具備「CAD」相關的高超技術，足以自行調校軍用魔法演算裝置。

「司波達也，加入我們的戰鬥行列吧。」

風間玄信

防衛陸軍上尉。作風與舉止充滿威嚴。在沖繩縣恩納基地兼任空降魔法師部隊的教官。對達也另眼相看。

2095年現在的世界情勢

以全球寒冷化為直接契機的第三次世界大戰——二十年世界連續戰爭大幅改寫了世界地圖。世界現狀如下所述：

USA合併了加拿大以及墨西哥到巴拿馬等各國，組成北美利堅大陸合眾國（USNA）。

俄羅斯再度吸收烏克蘭與白俄羅斯，組成新蘇維埃聯邦（新蘇聯）。

中國征服緬甸北部、越南北部、寮國北部以及朝鮮半島，組成大亞細亞聯盟（大亞聯盟）。

印度與伊朗併吞中亞各國（土庫曼、烏茲別克、塔吉克、阿富汗）以及南亞各國（巴基斯坦、尼泊爾、不丹、孟加拉、斯里蘭卡），組成印度、波斯聯邦。

亞洲阿拉伯其餘國家，分區締結軍事同盟，對抗新蘇聯、大亞聯盟以及印度、波斯聯邦三大國。

澳洲選擇實質鎖國。

歐洲整合失敗，以德國與法國為界分裂為東西兩側。東歐與西歐也沒能各自整合為單一國家，團結力甚至不如戰前。

非洲各國半數完全消滅，倖存的國家也只能勉強維持都市周邊的統治權。

南美除了巴西，都處於地方政府各自為政的小國分立狀態。

戰略級魔法師——十三使徒

現代魔法是在高度科技之中培育而成，因此能開發強力軍事魔法的國家有限，導致只有少數國家能開發匹敵大規模破壞兵器的戰略級魔法。

不過，開發成功的魔法會提供給同盟國，高度適合使用戰略級魔法的同盟國魔法師，也可能被認證為戰略級魔法師。

在2095年4月，各國認定適合使用戰略級魔法，並且對外公開身分的魔法師共十三名。他們被稱為「十三使徒」，公認是世界軍事平衡的重要因素。十三使徒的國籍、姓名與戰略級魔法名稱如下所述：

USNA

安吉・希利鄔斯：「重金屬爆散」
艾里歐特・米勒：「利維坦」
羅蘭・巴特：「利維坦」
※其中只有安吉・希利鄔斯任職於STARS。艾里歐特・米勒位於阿拉斯加基地，羅蘭・巴特位於國外的直布羅陀基地，兩人基本上不會出動。

新蘇維埃聯邦

伊果・安德烈維齊・貝佐布拉佐夫：「水霧炸彈」
列昂尼德・肯德拉切科：「大地紅軍」
※肯德拉切科年事已高，基本上不會離開黑海基地。

大亞細亞聯盟

劉雲德：「霹靂塔」
※劉雲德已於2095年10月31日的對日戰鬥中戰死。

印度、波斯聯邦

巴拉特・錢德勒・坎恩：「神焰沉爆」

日本

五輪 澪：「深淵」

巴西

米吉爾・迪亞斯：「同步線性融合」
※魔法式為USNA提供。

英國

威廉・馬克羅德：「臭氧循環」

德國

卡拉・施米特：「臭氧循環」
※臭氧循環的原型，是分裂前的歐盟因應臭氧層破洞而共同研發的魔法。後來由英國完成，依照協定向前歐盟各國公開魔法式。

土耳其

阿里・夏亨：「巴哈姆特」
※魔法式為USNA與日本所共同開發完成，由日本主導提供。

泰國

梭姆・查伊・班納克：「神焰沉爆」
※魔法式為印度、波斯聯邦提供。

The irregular at magic high school

背負某項缺陷的劣等生哥哥。
一切完美無瑕的優等生妹妹。
這對兄妹就讀魔法科高中之後，

風波不斷的每一天就此揭開序幕——

魔法科高中的劣等生 8

The irregular at magic high school

追憶篇

佐島 勤
Tsutomu Sato
illustration
石田可奈
Kana Ishida

Kadokawa Fantastic Novels

司波達也

就讀於一年E班，被揶揄為
「雜草」的二科生（劣等生）。
達觀一切。

司波深雪

就讀於一年A班。達也的妹妹。
以首席成績入學的優等生。
擅長冷卻魔法，溺愛哥哥。

西城雷歐赫特

就讀於一年E班，達也的同班同學。
擅長硬化魔法，個性開朗。

千葉艾莉卡

達也的同班同學。
擅長劍術，可愛的闖禍大王。

柴田美月

就讀於一年E班，達也的同班同學。
罹患靈子放射光過敏症。
有點少根筋的認真少女。

吉田幹比古

就讀於一年E班，達也的同班同學。
出自古式魔法的名門。
從小就認識艾莉卡。

光井穗香

就讀於一年A班，深雪的同班同學。
擅長光波振動系魔法。
一旦擅自認定後就頗為一意孤行。

北山 雫

就讀於一年A班，深雪的同班同學。
擅長振動與加速系魔法。
情緒起伏鮮少展露於言表。

森崎 駿

就讀於一年A班，深雪的同班同學。
擅長高速操作CAD。
身為一科生的自尊強烈。

里美 昴

就讀於一年D班，
宛如美少年的少女。
個性開朗隨和。

明智英美

就讀於一年B班，隔代混血兒。
全名是艾米莉雅．英美．
明智．格爾迪。

櫻小路紅葉

就讀於一年B班，
昴與艾咪的朋友。
便服是哥德蘿莉風格。
喜歡主題樂園。

七草真由美

三年級，前任學生會會長。在魔法科學生之中，
實力為歷代最高等級。

中条 梓

二年級，繼真由美之後的
學生會會長。
生性膽小，
個性畏首畏尾。

市原鈴音

三年級，前任學生會會計。
冷靜沉著的智慧型人物。
真由美的左右手。

服部刑部少丞範藏

二年級，前任學生會副會長。
繼克人之後的社團聯盟總長。

渡邊摩利

三年級，前任風紀委員會委員長。
為真由美的好友，
各方面傾向好戰。

辰巳鋼太郎

三年級，前任風紀委員。個性豪爽。

澤木 碧

二年級，風紀委員。
對女性化的名字耿耿於懷。

關本 勳

三年級，風紀委員會成員。
論文競賽校內審查第二名。

桐原武明

二年級。劍術社成員。
關東劍術大賽國中組冠軍。

五十里 啟

二年級，學生會會計。
魔法理論的成績
為全學年第一。
千代田花音的未婚夫。

壬生紗耶香

二年級。劍道社成員。
劍道大賽國中女子組
全國亞軍。

千代田花音

二年級。繼摩利之後的
風紀委員長。
五十里啟的未婚妻。

平河小春

三年級，以工程師身分參加九校戰。
主動放棄參加論文競賽。

十文字克人

三年級。
前任社團聯盟總長。

平河千秋

就讀於一年G班。敵視達也。

安宿怜美

保健醫生。穩重溫柔的笑容
大受男學生歡迎。

一条將輝

第三高中的一年級學生。
參加九校戰。
「十師族」一条家的繼承人。

廿樂計夫

擅長魔法幾何學的教師。
論文競賽的負責人。

吉祥寺真紅郎

第三高中的一年級學生。
參加九校戰。
以「始源喬治」的
別名眾所皆知。

一条 茜

一条家長女，
將輝的妹妹。
有點早熟的小學生。

一条美登里

將輝的母親。
個性溫和，
廚藝高明。

一条瑠璃

一条家次女，將輝的妹妹。
我行我素，行事可靠。

九重八雲

擅長古式魔法「忍術」。
達也的體術師父。

千葉壽和

千葉艾莉卡的大哥，
警察省國家公務員。
乍看之下像是遊手好閒的人。

千葉修次

千葉艾莉卡的二哥，摩利的男友。
具備千刃流劍術免許皆傳資格。
別名「千葉的麒麟兒」。

牛山

FLT的CAD開發第三課主任。
受到達也的信任。

鈴

森崎拯救的少女。
全名是「孫美鈴」。
香港國際犯罪組織
「無頭龍」的新領袖。

陳祥山

大亞聯軍特殊作戰部隊隊長。
為人心狠手辣。

呂剛虎

大亞聯軍特殊作戰部隊的
王牌魔法師。
別名「食人虎」。

小野 遙

一年E班的輔導老師。
生性容易被欺負，
卻有不為人知的另一面。

風間玄信

陸軍101旅獨立魔裝大隊隊長。
階級為少校。

真田繁留

陸軍101旅獨立魔裝大隊幹部。
階級為上尉。

柳 連

陸軍101旅獨立魔裝大隊幹部。
階級為上尉。

山中幸典

陸軍101旅獨立魔裝大隊幹部。
少校軍醫，一級治癒魔法師。

藤林響子

擔任風間副官的女性軍官。
階級為少尉。

九島 烈

被譽為世界最強
魔法師之一的人物。
眾人尊稱為「宗師」。

司波小百合

達也與深雪的後母。厭惡兩人。

周

安排呂與陳來到日本的
俊美青年。

Glossary
用語解說

魔法科高中
國立魔法大學附設高中的通稱，全國總共設立九所學校。
其中的第一至第三高中，每學年招收兩百名學生，
並且分為一科生與二科生。

花冠、雜草
第一高中用來形容一科生與二科生階級差異的隱語。
一科生制服的左胸口繡著以八枚花瓣組成的徽章，
不過二科生制服沒有。

一科生的徽章

CAD
簡化魔法發動程序的裝置，
內部儲存使用魔法所需的程式。
分成特化型與泛用型，外型也是各有不同。

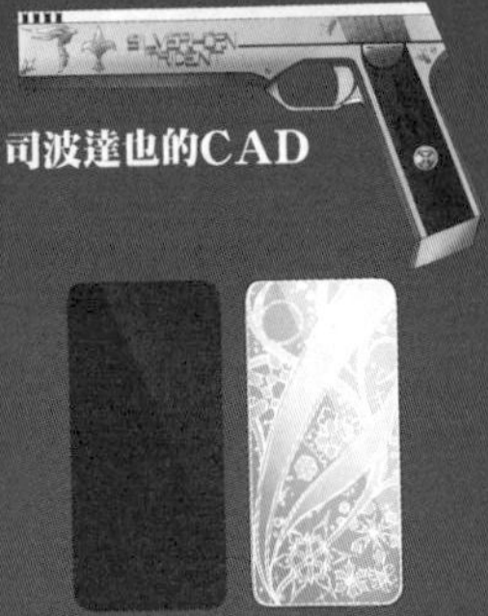
司波達也的CAD

司波深雪的CAD

Four Leaves Technology〔FLT〕
國內一家CAD製造公司。
原本該公司製造的魔法工學零件比成品有名，
但在開發「銀式」之後，
搖身一變成為知名的CAD製造公司。

托拉斯・西爾弗
短短一年就讓特化型CAD的軟體技術進步十年，
而為人所稱頌的天才技師。

Eidos〔個別情報體〕
原為希臘哲學用語。在現代魔法學，個別情報體指的是
「伴隨事物現象而來的情報」，是「事象」曾經存在於
「世界」的記錄，也可以說是「事象」留在「世界」的足跡。
依照現代魔法學的定義，「魔法」就是修改個別情報體，
藉以改寫個別情報體所代表的「事象」的技術。

Idea〔情報體次元〕
原為希臘哲學用語。在現代魔法學，情報體次元指的是「用來記錄個別情報體的平台」。
魔法的原始形態，就是將魔法式輸入這個名為「情報體次元」的平台，
改寫平台裡「個別情報體」的技術。

啟動式
為魔法的設計圖，用來構築魔法的程式。
啟動式的資料檔案，是以壓縮形式儲存在CAD，魔法師輸入想子波展開程式之後，
啟動式會依照資料內容轉換為訊號，並且回傳給魔法師。

想子
位於靈異現象次元的非物質粒子，記錄認知與思考結果的情報元素。
成為現代魔法理論基礎的「個別情報體」，成為現代魔法骨幹的「啟動式」和
「魔法式」技術，都是由想子建構而成。

靈子
位於靈異現象次元的非物質粒子。雖然已經確認其存在，但是形態與功能尚未解析成功。
一般的魔法師，頂多只能「感覺到」活化狀態的靈子。

魔法師
「魔法技能師」的簡稱。能將魔法施展到實用等級的人，統稱為魔法技能師。

魔法式
用來暫時改變伴隨事物現象而來的情報之情報體。由魔法師持有的想子構築而成。

魔法演算領域

構築魔法式的精神領域，也就是魔法資質的主體。該處位於魔法師的潛意識領域，魔法師平常可以意識到魔法演算領域並且使用，卻無法意識到內部的處理過程。對魔法師本人來說，魔法演算領域也堪稱是個黑盒子。

魔法式的輸出程序

❶從CAD接收啟動式，這個步驟稱為「讀取啟動式」。
❷在啟動式加入變數，送入魔法演算領域。
❸依照啟動式與變數構築魔法式。
❹將構築完成的魔法式，傳送到潛意識領域最上層暨意識領域最底層的「基幹」，從意識與潛意識之間的「閘門」輸出到情報體次元。
❺輸出到情報體次元的魔法式，會干涉指定座標的個別情報體進行改寫。

「實用等級」魔法師的標準，是在施展單一系統暨單一工序的魔法時，於半秒內完成這些程序。

魔法的評價基準（魔法力）

構築想子情報體的速度是魔法的處理能力、
構築情報體的規模上限是魔法的容納能力、
魔法式改寫個別情報體的強度是魔法的干涉能力，
這三項能力總稱為魔法力。

始源碼假說

主張「加速、加重、移動、振動、聚合、發散、吸收、釋放」四大系統八大種類的魔法，各自擁有正向與負向共計十六種基礎魔法式，以這十六種魔法式搭配組合，就能構築所有系統魔法的理論。

系統魔法

歸類為四大系統八大種類的魔法。

系統外魔法

並非操作物質現象，而是操作精神現象的魔法統稱。
從使喚靈異存在的神靈魔法、精靈魔法，或是讀心、靈魂出竅、意識操控等，包括的種類琳琅滿目。

十師族

日本最強的魔法師集團。一条、一之倉、一色、二木、二階堂、二瓶、三矢、三日月、四葉、五輪、五頭、五味、六塚、六角、六鄉、六本木、七草、七寶、七夕、七瀨、八代、八朔、八幡、九島、九鬼、九頭見、十文字、十山共二十八個家系，每四年召開一次「十師族甄選會議」，選出的十個家系就稱為「十師族」。

含數家系

如同「十師族」的姓氏有一到十的數字，「百家」之中的主流家系姓氏也有十一以上的數字，例如「『千』代田」、「『五十』里」、「『千』葉」家。
數字大小不代表實力強弱，但姓氏有數字就代表血統純正，可以作為推測魔法師實力的依據之一。

失數家系

亦被簡稱「失數」，是「數字」遭受剝奪的魔法師族群。
昔日魔法師被視為兵器暨實驗樣本的時候，評定為「成功案例」得到數字姓氏的魔法師，要是沒有立下「成功案例」應有的成績，就得接受這樣的烙印。

【1】西元二〇九五年十一月六日／四葉本家會客室

武士官邸風格的大型傳統建築。

這是四葉本家外表給人的印象。

相較於一般住家，確實很寬敞。形容為「宅邸」也不突兀。

但若是看過七草家或一条家豪宅的人，反倒會驚訝於這座宅邸小而寧靜的質樸風格。

四葉不在乎住處大小。貫徹祕密主義的四葉家，不會大舉邀請訪客入內，大宅邸或許只會令他們覺得礙事。

即使是母親的娘家，深雪依然抱持這種置身事外的想法，和哥哥穿越厚重的大門。

那一天——後世稱為「灼熱萬聖節」而聞名的日子，至今已過一週。

兄妹之所以來到地圖也沒標記的深山村莊，是基於姨母邀請——實際上是傳喚命令。

兩人被帶到從建築物外觀無法想像的摩登且寬敞的會客室，受命在這裡等待。不是被帶到私人使用的小型會客室，而是通稱「謁見室」的大會客室，代表姨母這次不是以私人身分，是以四葉家當家的身分找他們過來——不過，兩人打從一開始就明白這件事。

不過深雪心想——

上次和哥哥一起被叫到這個房間，是三年前的事。

至今，除了基於慶弔原因邀請親戚齊聚一堂，姨母都不會直接見哥哥。本次即使深雪陪同，姨母也是暌違三年近距離和哥哥相見。

這究竟是好事還是壞事？深雪無從判斷。

「——別擔心。我們和三年前不一樣。」

大概是深雪的不安心情顯露在臉上。達也用力點頭，回應她窺視般的上揚眼神。

深雪坐在沙發，達也就這麼站在她身旁。

三年前也是這個姿勢。

三年前是站在她的身後。

對……和三年前不一樣。

達也這句話的意思，應該是說他們的實力和三年前不同。兩人的實力確實大幅成長，三年前簡直沒得比。尤其是達也，他的戰鬥力甚至匹敵號稱世界最強魔法師之一的姨母——別名「極東魔王」、「闇夜女王」的四葉真夜。考量魔法的相剋性質，如果是一對一，達也穩操勝算。

不過深雪認為，這三年來，除了兩人和姨母的實力差距，還有其他事物改變了。

——那就是哥哥和自己的關係。

——自己對哥哥的心意。

重新在沙發坐好的深雪，意識回溯到三年前……

[2] 西元二〇九二年八月四日／沖繩那霸機場～恩納瀨良垣別墅

——西元二〇三〇年前後，地球急遽寒冷化，世界的糧食狀況大幅惡化。二〇二〇年代推動的太陽能工廠農業，使得先進國家遭受到的影響有限，但是經濟急遽成長導致人口爆炸的新興工業國家受到重創。

寒冷化與沙漠化同時進行的華北地區，面對最嚴重的事態。

華北居民們試圖依循民族傳統突破這個難關。也就是以越境殖民——非法偷渡方式。

但俄羅斯不容許非法移民。即使是無人荒野，也徹底排除鳩占鵲巢的非法偷渡。

而且是不惜流血，強硬地驅離。

中國打著人道名義批判俄羅斯，而俄羅斯秉持國際法批判中國。

兩國的對立，並非侷限於兩國之間。

一方打著人道名義跨越國境，一方秉持國際法加以排斥。

火種散播到世界各地。

背後的主因，是寒冷化導致糧食不足。

能源資源爭奪戰，成為輔助的要素。

只要有一點點契機，火種就足以燎原。

西元二〇四五年，第三次世界大戰——二十年世界連續戰爭爆發。

二〇四五年到二〇六五年，是世界各地持續上演大規模國境紛爭的戰亂時代。

沒有任何國家能夠旁觀，是基於真正意義的世界大戰。

大戰結束時，世界人口減少到三十億人，是二〇四五年的三分之一。

俄羅斯再度吸收烏克蘭與白俄羅斯，組成新蘇維埃聯邦（新蘇聯）；中國征服緬甸北部、越南北部、寮國北部與朝鮮半島，組成大亞細亞聯盟（大亞聯盟）；印度與伊朗併吞中亞各國，組成印度、波斯聯邦；USA合併了加拿大以及墨西哥到巴拿馬等各國，組成北美利堅大陸合眾國（USNA）。四國版圖各自擴大。相較之下，歐盟各國整合失敗，歐盟分裂為東西兩側；非洲各國半數完全消滅。南美除了巴西，都處於地方政府各自為政的小國分立狀態。

導致世界驟變的二十年戰爭，之所以沒演變成熱核戰爭，歸功於全球魔法師的團結。

西元二〇四六年，「國際魔法協會」成立。

協會成立的目的，是以實力阻止各國使用基於輻射物質打造的武器，以免地球環境受到再也無法恢復的汙染。

只要是基於「阻止使用核武」的目的，魔法師就獲准脫離國家桎梏，以實力介入紛爭。在最前線上演殺戮場面的魔法師，也會在觀測到動用核武的徵兆時停止鬥爭，不分國籍彼此合力阻止核武的使用。

阻止熱核武的使用，是全世界魔法師第一優先的義務。

本協定──即「國際魔法協會憲章」的管制對象，是會以輻射物質汙染環境的武器。嚴格來說，純粹的核融合彈不在管制範圍。不過以大戰時期的技術水準，必須以小型核分裂彈才能引爆核融合彈，因此該協會最後成功全面阻止熱核武的使用。

就這樣，長達二十年的戰亂時代，熱核武連一次都沒使用。

國際魔法協會的這項功績獲得了各國認同，在大戰後的世界，也以國際和平機構的身分占有光榮地位──

我聽到通知繫上安全帶的廣播後，將書名為《現代史讀本》的魔法師適用教材檔案關閉。教材內容對於剛升上國中的我有點艱深，但這樣比較不會無聊，是好事。

聽說現代飛機並不會因為區區終端機電波妨礙飛行。不過在飛機起降時關閉終端機是傳統禮儀。不只是我，其他乘客也關閉了。我不打算做出「只有我違抗常識」這種幼稚的舉動。

覆蓋座位的蛋形安全護罩內側，投射出南方島嶼的即時影像。

看到翠綠的島嶼以及閃耀的大海，就覺得全球寒冷化是虛構的現象。

不過，這是毋庸置疑的事實。

世界氣候在我們誕生之前是暖化，但是在我們身邊，寒冷化的各種遺痕隨處可見。

例如衣著。

不露出肌膚的服裝禮儀，無疑是嚴重寒冷化時代的遺痕。

不過，我也不喜歡裸露肩膀或胸口的衣服（更何況還不適合我），也沒被迫穿上裙襬拖地的長裙，而且我喜歡和服，所以這種禮儀對我無害，完全不會在私底下束縛我。

我思索這種無聊事情時，飛機接近那霸機場。

著陸時幾乎感受不到振動。

我解開只具備形式意義的安全帶，打開膠囊座位的護罩。

下方的經濟艙，聽說塞入好幾排狹小到會碰到他人手肘的座位，但我無法在這麼近的距離，和素昧平生的人共處一小時。

我等待母親離開座位之後，一起前往艙門。

這是利用暑假的私人家庭旅行。

家庭旅行原本應該都是私人形式，但以我家的狀況，即使是家庭旅行也幾乎不是私人行程，所以我滿心期待，不像我平常的個性。

然而本次旅行不是只有我和母親兩人，還加上哥哥。這是美中不足之處。

◇　◇　◇

走出會員制的機場貴賓休息室，先去領行李的哥哥已經在外面等待。

哥哥之所以單獨行動，並不是在惡整他。

頭等艙乘客可以優先下機。即使也可以優先領取行李，但還是得等一段時間。考量到行李運送過來的時間，由搭乘經濟艙的哥哥去領取，比較不會浪費時間。

讓哥哥獨自坐經濟艙，也是基於正當理由。

在頭等艙，除了一般的空服員，專職處理危險案件的警備乘員也隨時注意動靜。劫機或自殺恐怖攻擊等犯罪行為，大多發生在警備薄弱的經濟艙。哥哥坐經濟艙是為了以防萬一。

雖說如此——我也知道哥哥被排除在一般家庭的相處模式之外。

走在母親旁邊的我，轉頭看向身後。哥哥像是理所當然般，獨自推著載有我們行李的推車默默跟隨，臉上毫無不滿。

一如往常。

我並不是討厭這位哥哥。

只是不擅長面對。

我不曉得他究竟在想什麼。

我不曉得身為家人的他，為何會不以為意地接受這種等同於傭人（應該說完完全全是傭人）的待遇呢？

我知道他擔負這樣的職責。

也知道家裡狀況很特殊。

不過，哥哥和我一樣，還只是國一的學生。

哥哥四月出生，我是隔年三月出生。

相差一歲的我們就讀相同學年，是兩人出生月份導致的巧合。但哥哥也和我一樣，直到今年三月都是小學生。

明明是這樣，他為何會不以為意地接受妹妹的使喚——

哥哥和我目光相對。

大概是在意我反覆回頭的視線。

「……什麼事？」

我不時偷看，哥哥才會將目光投向我。我的理性明白這一點。

但是，我的嘴巴只發得出不高興的聲音。

「沒事。」

哥哥以管家服侍女主人般的恭敬語氣回應。

話中沒有善意或厭惡、沒有兄妹之情或親人之恨、沒有哥哥對妹妹的情感——親情。

「既然這樣，請不要盯著我看。那樣很討厭！」

我知道這樣很不講理。

是我們將哥哥當成傭人，他並非自願。

但我卻向哥哥宣洩任性的煩躁情緒。

「恕屬下失禮。」

哥哥停下腳步，朝我鞠躬。

然後，他比剛才稍微遠離一點，繼續跟在我們身後。

我不禁心想：為什麼？

剛才明明是我的任性。這麼一來，我就是個討人厭的孩子。

——我果然不擅長面對這位哥哥。

我們本次來到的地方，是剛在恩納瀨良垣買下的別墅。我不在意住飯店，但母親不習慣待在

人多的地方。父親基於這個理由，急遽安排這個住處。

父親似乎還是老樣子，認為金錢買得到愛情……但這些錢也是迎娶母親才得到的。

那位父親似乎也是年輕時就具備異於常人——想子存量在魔法師界也遠超過標準，是潛力受到高度評價的魔法師……但在現今的魔法技術體系，想子存量不再左右魔法技能的優劣，導致那位父親無法顯露己身潛力，放棄走魔法師之路出人頭地，如今任職於母親家族成立的公司。

基於這樣的緣由，我知道父親在母親面前有點自卑，但我站在女兒的立場，希望看到他稍微像是父親的可靠模樣。

……我微微搖頭，從腦中趕走無聊的思緒。因為我察覺到，難得來度假一次，受囚於討厭的想法是一件愚蠢的事。

「夫人，歡迎光臨。也很高興深雪與達也一起來。」

在別墅迎接我們的，是先來完成打掃與採買工作的櫻井穗波小姐。

她是母親的守護者。

櫻井小姐直到五年前都是警視廳的特務。她離職時似乎備受慰留，但她任職於警視廳之前，就確定會擔任母親的守護者，進入警視廳是為了學習護衛工作的訣竅。

她是受到基因操作，強化魔法天分而成的調整體魔法師——「櫻」系列第一代。是二十年戰爭末期由研究所打造，出生之前就由四葉買下的魔法師。

不過，這位女性開朗隨和，令人絲毫感受不到這樣的身世。除了盡到守護者的護衛本分，也照顧母親的生活起居大小事。依照她的說法，擔任家管員比較符合她的個性。

原本絕對不會離開護衛對象的守護者，之所以先一步前來別墅，是為了在當地收集情報，也是因為哥哥隨侍於我與母親身旁。既然這樣，我好希望櫻井小姐和哥哥的職責互換——不過哥哥不可能打理生活環境，這樣的安排也在所難免。

「來，請進。麥茶冰好了，還是要為您泡熱茶？」

「謝謝。難得有這個機會，我就享用麥茶吧。」

「好的，我明白了。深雪與達也同樣喝麥茶嗎？」

「好的，謝謝您。」

「勞煩您了。」

說到我唯一對櫻井小姐的不滿，就是她將哥哥視為母親的兒子——我的哥哥對待。

說穿了，這是理所當然。

可是我……做不到這種理所當然的事。

這樣的我，在當時莫名感到不耐煩。

「母親大人，我出去走走。」

剛到別墅就去游泳似乎有點匆忙，就算這樣，窩在別墅也很可惜，所以我決定去散步。萬座毛太遠了，不太可能徒步前往，但光是悠閒行走在沙灘沿岸的休閒步道，肯定也很舒服。

「深雪，帶達也一起去。」

但我聽到母親的回應，覺得難得的散步一開始就搞砸了。

其實我很想主張自己一個人散步也沒問題，但我不想害母親無謂地擔心。

「——我明白了。」

光是避免音量太大就沒有餘力。

我深深壓低寬邊草帽，頭也不回地走到西斜的陽光下。

正如預料，輕拂夏季洋裝裙襬的海風好舒服。

在櫻井小姐協助之下，我從趾尖到眼皮都萬無一失地抹上防曬乳，因此可以毫不在意陽光，以手臂與雙腿感受海風。

褐色乳液包覆的肌膚，即使和當地女孩相比，應該也沒有突兀感。

或許多虧如此，不會在每次和他人擦身而過時接受注目禮，這也使我心情舒暢。

不是我自誇，但我的肌膚不知曬黑為何物，在海灘或這種地方，基於負面意義很顯眼。

——不，真的不是自誇。

我和小學的朋友去游泳池的時候，曾經被說「好像雪女」而大受打擊，這份記憶尚未褪色。這種無心之語絕對不是惡整或壞話，所以我更加受到打擊。

應該不是因為色素不足。因為我的髮色漆黑到過度的等級。

是因為血統嗎？我的家系在過去五代，應該沒混入白種人血統……但我不曉得更久以前的狀況，所以超隔代遺傳的可能性也不是零。不過，母親在夏天也會稍微曬黑，哥哥則是不曉得該說褐色還是紅褐色，曬到完全看不出原本的膚色，因此我認為無法斷定是血統因素。

「——！」

意識集中在刻意不去意識的事，使我意識到要將視線固定在前方，過度意識到自己不要往後看……究竟在「意識」什麼，連我自己都快混亂了。

豎耳依然聽不到腳步聲，也感受不到氣息——但我根本不會感受他人氣息就是了。

然而只要回頭，哥哥鐵定在不遠處跟著我。

因為哥哥是我的守護者。

為什麼不叫作「隨扈」，而是刻意使用「守護者」這麼誇張的稱呼，我至今無法理解原因。

但我自認知道四葉的「守護者」和普通「隨扈」有何不同。

隨扈是「工作」，守護者是「使命」。

隨扈賭命保護護衛對象，會得到金錢報酬作為代價。此外也有警界特務這種以護衛當職務的例子，但這種人也會依照職務領取薪水，所以我認為廣義上可以解釋為「以護衛賺取金錢報酬維生的人」。

相對的，守護者沒有金錢報酬。四葉提供食衣住，需要用錢也由四葉支給。但這些錢不是報酬，是維持護衛能力所需的開銷。

極端來說，隨扈是為了吃飯而保護，守護者是為了保護而吃飯。

守護者沒有私生活。他們的一切，都獻給稱為「主人」或「女主人」的護衛對象。

我以及我們，是將這種事當成理所當然的一個家系。若無法當成理所當然，只有退出一途。我們「四葉」就是如此——但我覺得與其被別人使用「女主人」這種丟臉的方式稱呼，被逐出家門似乎比較好。幸好「主人」或「女主人」的稱呼，不像「守護者」這麼普遍使用。

哥哥在我六歲時成為我的守護者。我的第一位守護者是哥哥，今後應該永不改變。

哥哥的身分不是四葉家當家的外甥，而是四葉家下任當家候選人的守護者。要是我繼任當家的話，哥哥將終其一生都是我的影子。

除非我解除哥哥守護者的職責。

是的，唯有護衛對象主動下令解除其職責，守護者才能免除這項義務，獲准以普通人的身分活下去。

哥哥陪著我。

跟隨在我的身後。

我無法離開他。

他無法逃離我。

束縛他的是我。

逃不掉的是他。

明明只有我能讓他恢復為平凡的國中生。

那個人——哥哥無法當個平凡的國中生，都是因為我沒解除哥哥的職責。

——我不擅長面對哥哥。

——我不討厭哥哥。

那麼，我為什麼將哥哥束縛在這種殘酷的處境？

得不出答案。

不知為何，每次試著思考這個問題，我的大腦就無法運作。

我將視線穩穩固定在腳邊，加快腳步而去。

低著頭快步前進的我，忽然被拉住手臂，差點往後倒。

緊接著，我承受來自前方「咚」的一記衝擊，倒在哥哥懷裡。

我沒抱怨哥哥。

剛才是走路沒有好好看著前方的我不對——我差點反射性地怒聲責備，這是未曾預定告訴他人的祕密。

問題在哥哥拉住我之後，我承受來自前方的衝擊。明顯不是我撞人，而是別人撞我。

這應該是可以生氣的場面。

我讓眼神隱含著怒意往上揚，卻只看見厚實的肉壁。

我繼續揚起視線。

終於看見從前方撞我的人是何種身分。

對方是衣衫不整，肌膚黝黑的軍裝壯漢——「遺族血統」。

二十年戰爭越演越烈時，駐留在沖繩的美軍（當時還是ＵＳＡ）撤回到夏威夷，遺留一批孩子。他們大部分不是被父母拋棄，而是父親戰死，不過國家接管美軍基地作為國防軍設施之後，他們大多由該設施收養，就這麼成為軍人。似乎如此。

他們成為勇猛的士兵，漂亮地執行防衛國境的任務，後代也大多從軍。不過，這些軍人的孩子，也就是「第二代」大多品行不良，必須多加小心——這是介紹沖繩觀光的私人網站都會刊載的注意事項。

那名壯漢的身後，有兩個同樣身穿衣衫不整的軍服，體格也大同小異的青年。他們咧嘴露出噁心的笑容。

反射性的憤怒由生理上的恐懼取代。

精神怯懦到連「有必要的話就使用魔法」這種理所當然的對應方式都想不到。

——直到哥哥的背影擋住我的視野。

少年的細瘦背影。

即使如此依然比我寬敞的背。

不知何時，哥哥將我保護在身後。

「啊啊？我們不想和小鬼打交道啊。」

壯漢以徹底瞧不起我們的嘲笑表情，看著哥哥的臉。

哥哥毫無回應。

「嚇到發不出聲音了是吧？」

「哈，沒種的傢伙。要什麼帥！」

後方的兩人嗤笑、恐嚇哥哥。

憤怒情緒在我內心復甦。

而且是比剛才更加清晰的形式。

我懊悔著「早知道應該攜帶ＣＡＤ外出」。不經由輔助器具施展魔法，將無法順利拿捏力道。即使是這種對象，要是害他們受重傷，在各方面很不妙。

要是ＣＡＤ在手邊，就不會任憑這種傢伙亂講話了！

我自己也不曉得究竟是對什麼東西激動，就這樣狠狠瞪向擋在哥哥面前的壯漢。

壯漢看見我，眼睛輕輕瞇細。

他的嘴唇動了。

我無從確認他究竟是要笑，還是要說話。

「我不打算要求道歉，所以你們往回走吧。這樣對彼此都好。」

因為哥哥不像少年會有的沉穩語氣，和完全不像孩子會說的話語，使壯漢繃緊表情。

「──你說什麼？」

極為低沉，如同輕聲細語的詢問。

「你應該有聽到吧？」

欠缺情感，如同自言自語的反問。

男性的雙眼隱含凶惡的光芒。

「給我把腦袋按在地上求饒。如果你現在這麼做，我把你打到瘀青就會放過你。」

「如果你的意思是要我跪伏在地上，那應該是把額頭按在地上，不是腦袋。」

下一秒——

男性毫無暗號或徵兆就打向哥哥。

哥哥在同年紀孩子之中還算高大，但終究只是國中一年級的體格。和眼前的男性相比，正如字面所述是大人與小孩。

我反射性地閉上雙眼。

響起「啪！」的聲音。

要是哥哥被打的話，位於後方的我也會遭殃——我慢半拍地才想到這件事，並且詫異於這件事沒發生。

我戰戰兢兢地睜開雙眼。

首先映入眼簾的，是露出無法置信的表情而僵在原地的壯漢。

我無須思索他為何露出這種表情。

他的右手伸直到一半。

哥哥以雙手接住他的拳頭。

雖然是單手對雙手，但兩人的體重差距，應該足以抵銷這種事。

壯漢的體重或許是哥哥的兩倍以上。

即使如此，哥哥卻別說退後一步，連半步都沒後退，而且不是卸下攻擊力道，是正面接住對方加上體重所揮出的拳頭。

他用了魔法？──不，沒這種跡象。

不提學力、體力或運動技能，我在魔法方面勝過哥哥。我不可能沒察覺他使用魔法。

「有意思……我原本只想捉弄一下，不過……」

壯漢咧嘴一笑，收回手臂，將雙拳舉到胸前擺出架式。

拳擊？

空手道？

對格鬥技與武術完全外行的我無法辨別，但我只隱約明白到一點，就是原本半開玩笑的對方認真起來了。

我甚至忘記逃跑，從那個人的背後觀察壯漢。我不發一語地壓低氣息的時候，聽到那個人出乎意料的話語。

「可以嗎？你接下來會吃不完兜著走。」

為什麼要講得這麼挑釁！

若是正常對打，不可能敵得過對方。

正常來說，應該逃走才對。

不，哥哥的想法無所謂。

我即使扔下哥哥也應該逃走。

——我心裡明明這麼想，身體卻沒有離開哥哥的意思。

「區區小鬼，居然講得出這麼有氣勢的話，啊！」

接下來的光景，我的目光追不上。

我只知道結果，只能由此推測發生了什麼事。

男性的左腳往前踏。

哥哥踏出左腳，鑽進對方的雙腳之間。

男性的右手向後拉到肩頭，即將出拳的時候……

哥哥的左拳打在他的胸膛正中央。

兩人距離稍微拉開，肯定不是因為接著要攻擊，是因為攻擊過後的反作用力而彈開。

「咚」一聲像是打太鼓的聲音，肯定是哥哥出拳命中的聲音。

哥哥一收回踏出去的腳，壯漢的身軀隨即便像是配合這個動作般下沉，雙腳跪地發出聽來很痛的聲音。

壯漢就這麼跪伏著痛苦咳嗽。哥哥俯視他，接著緩緩將目光移向後方的兩人。

他們佇立在原地，動彈不得。

哥哥轉身背對三人。

「回去吧。」

哥哥扶著我的手臂。

我至此終於察覺，哥哥這句低語是對我說的。

「深雪，發生什麼事了嗎？」

中止散步返家之後，櫻井小姐臉色大變，快步跑向我。

我認為自己臉色沒那麼難看，卻自覺有點蒼白，所以從一開始就放棄打馬虎眼。

「剛才……我們被一群男性纏上了。」

「天啊……！」

櫻井小姐光是這樣似乎就推測出端倪。

她不經意地觀察我全身，應該是在檢查我衣服是否凌亂。

「我沒事。」

雖然有點勉強，但我自認裝出了自然的笑容。

櫻井小姐看到我投以笑容，也回以鬆一口氣般的笑容。

可是，我的假笑撐不了多久。

因為哥哥救了我——這句話終究沒能從我的口中說出。

我原本投以目光想說出口，然而哥哥卻像是不以為意般，一如往常面無表情地向櫻井小姐簡單致意。連看都不看我一眼，他就進入深處的房間。

我好不容易裝出來的笑容，似乎隨時會瓦解。

「——我去淋浴沖涼。」

我沒流太多汗，卻以此為藉口逃進浴室。

溫熱的水花在肌膚上彈跳。

我甚至忘記去除抗水性乳液，感受著水溫。這是為了暖和差點發抖的身體。

「為什麼……」

蓮蓬頭的水從頭頂淋下。溫熱的水珠滑過臉蛋，在眼角和另一種水珠混合。

「我為什麼在哭……？」

我自己也聽得到這個詫異的聲音。不是哭聲，彷彿置身事外一般。

「我為什麼非哭不可？」

我試著歇斯底里大喊，卻無人回應。這裡只有我一個人。

「為什麼……為什麼……」

傳入耳中的只有淋浴聲。沒有人回答我的疑問。

[3] 西元二〇九五年十一月六日／四葉本家會客室

「咦？」

從面對中庭的窗戶看向戶外的達也，不經意地輕呼了一聲。這使得深雪的意識從過去回歸到現在來了。

「哥哥？」

「是黑羽姊弟。」

妹妹以眼神詢問，達也以略顯驚訝的表情回應。

「亞夜子與文彌？」

達也只有略顯驚訝作結，但深雪似乎做不到。她慌張地起身，維持沒站直的姿勢僵住片刻之後，像是改變主意般再度坐下。

「他們似乎正要離開。」

黑羽姊弟走出來的別館，住著他們的奶奶——達也他們兄妹已故爺爺的妹妹，也就是現任當家真夜的姑媽。

黑羽文彌是四葉家下任當家的第二候選人，來向奶奶請安也沒什麼好奇怪。深雪也不是因為他們造訪這裡而驚訝。

「……這是巧合嗎？」

「如果他們知道我們在這裡，應該不會佯裝不知情。」

深雪認為確實如此。

「不曉得算是有緣還是無緣，看來我們註定和他們兩人擦身而過。」

並非完全撞個正著，也不是完全沒有交集。

和哥哥抱持相同想法的深雪，回憶起那天只限一晚的近距離交流……

【4】西元二〇九二年八月四日／沖繩別墅～飯店晚宴會場

即使來度假也無法擺脫世間枷鎖。我剛升上國中，卻還是無法拒絕某些對象的邀約。

這種對象都是親戚，而且人數不多，算是不幸中的大幸……但是為數不多的這種對象，居然在相同時期來到相同的地方，完全超乎預料。

邀請人是黑羽貢先生。母親的表弟。

時鐘顯示下午六點。是該從別墅出門的時間了。

我坐在梳妝臺前面，拿起梳子。

「唉……」

嘆息不由得脫口而出。鏡子裡的我，表情相當黯淡。

我並不是不擅長應付宴會這種場合。但今天剛從東京搭機到沖繩，至少在今晚，我想要好好放鬆一下。

「深雪，準備好了嗎？」

響起敲門聲之後，門外傳來這樣的詢問。我在自己的房間拖拖拉拉到現在，所以櫻井小姐才會過來叫我。

「啊，好了。」

要是她發現我內心的想法，肯定會訓誡我幾句。於是我反射性地起身回應。

櫻井小姐將我的回應解釋成可以進房，因此打開房門——我確實有這個意思，所以並不會慌張就是了。

「什麼嘛，原來已經準備好了。」

櫻井小姐看著換上小禮服、別上髮夾、掛上項鍊、提著手提包的我，露出了一臉隱含苦笑的笑容說道。

「要是表情這麼不高興，難得的盛裝打扮都浪費嘍。」

我的表情這麼好懂嗎？

「……您看得出來？」

即使對方是櫻井小姐，依然是旁人的眼光。我明明自認有避免旁人發現我不高興……

「因為是我，所以看得出來。」

語畢，櫻井小姐有些得意地送我一個秋波……呃，也就是說，其他人看不出來？

「真是的……請不要捉弄我。」

我不由得鼓起臉頰，但連忙努力改回淑女應有的表情。

櫻井小姐忍不住輕聲一笑，我見狀感覺臉頰發燙。

我明明認為自己已經是國中生，要戒掉這種幼稚的行徑……

「對不起……不過……」

櫻井小姐以不像是三十歲——頂多只像是二十出頭——的可愛笑容頻頻笑了一陣子之後，忽然改變表情。

我也自然而然繃緊心情。

「世上許多人的『目光』比我犀利。正因為我很熟悉深雪，所以知道妳在抗拒。不過，參加晚宴的來賓，或許有人一眼就看得出深雪的表情。深雪不是平凡的國中生，因此我認為應該消除這些會造成破綻的舉動。」

她的建議完全切中要點，我提不起勁反駁。

「……我該怎麼做？」

「即使自以為再怎麼巧妙地隱藏，心情也會從細部眼神或表情透露出來。」

……也就是無計可施的意思？

「重點應該在於巧妙瞞騙自己的心情。所謂的表面工夫，得先讓自己能接受才行。」

櫻井小姐似乎看出我的不滿，以像是安撫或囑咐的語氣說下去。

◇◇◇

雖然這麼說，但我還是個孩子，不足以用表面工夫完全隱藏自己的心。

距離晚宴會場越近，我越是無法阻止心情消沉。

黑羽舅父不是壞人（但正確來說，他不是「舅父」）。

不過可能因為妻子早逝，他溺愛孩子的程度有點……老實說，是非常令人不耐煩。

真是的，對小孩炫耀自己的孩子，這是什麼心態？不，他肯定沒考慮過我的想法，但我希望他們大人自己去炫耀就好。

嘆息聲脫口而出。

並非下意識，而是刻意嘆氣。

我覺得要是不趁現在嘆氣，正式參加晚宴時就會忍不住。

現在已經進入飯店用地內了。

華麗到無謂（這是我的主觀）的大門已映入眼簾。

無人駕駛的通勤車停了下來。

哥哥動作俐落地下車，扶住車門，等待我下車。

我繃緊表情，走向枯燥憂鬱的戰場。

門廳有一些看起來嚇人的叔叔與大哥哥們，以及威風凜凜的大姊姊們。他們大概都自認裝作不顯眼，但我出生至今一直和這種人打交道，他們的實力還不足以瞞過我的眼睛。

我以置身事外的立場，很想建議他們最好再磨練一下。

雖然這麼說，今晚貼身保護我的也不只哥哥。

全國規模的保全公司也臨時派兩名女性隨扈陪同。

這是因為在宴會場合，大多無法由男性陪同，何況傍晚還發生那件事。平常櫻井小姐會陪著我，所以不用擔心，但她現在陪伴著母親。

母親的身體狀況不太好，現在也留在別墅休息。這是無可奈何的事，但我也因此非得獨自應付舅父。

心情好沉重。

即使父親從一開始就不可靠，但是在這種交際場合，其實不應該由身為妹妹的我，而是由這個哥哥負責才對。

我懷恨注視著走在前方的哥哥背影。

「舅父大人，感謝您今日的邀請。」

在正如預料，以個人晚宴來說過於寬敞的會場裡，舅父身穿正如預料的高價西裝，以正如預料的豪華餐桌為背景前來迎接。我回以制式問候——在這種地方要求獨創性也沒意義。

「深雪小妹，歡迎妳來。令堂還好嗎？」

舅父回以相當友善的話語。

只有這個人，至今依然稱呼我「小妹」。

而且他也一如往常，將哥哥當成空氣般無視。

不過哥哥也只有默默站在我身後，雙方半斤八兩。

「感謝您的關心。家母應該只是有點疲累，所以今天請容她留在別墅休息。」

「聽妳這麼說，我也放心了。啊，別站在這裡說話。來，請進。亞夜子與文彌也很期待見到深雪小妹。」

真要說的話是理所當然，但他們兩人果然來了……

明明剛才對自己百般囑咐，我卻好想嘆氣。

舅父推著我，前往深處的餐桌。

哥哥就這麼留在入口。

隨扈習慣待在牆邊待命。

明明我也以相同方式對待，但是看到別人將哥哥當成傭人，我就莫名地不高興……大概是因為我任性吧。

不提那個，我如今得暫時以孤立無援的狀態，應付黑羽一家人。

「亞夜子，文彌，兩位過得好嗎？」

我出聲問候，隨即文彌像是相當開心般，而亞夜子則像是期待已久般，各自以一如往常的笑容迎接我。

「深雪姊姊！好久不見。」

「看來姊姊您也沒變。」

亞夜子與文彌，是小我一個學年的小學六年級學生。

和我們兄妹不同，是真正的雙胞胎。

雖說小我一個學年，但我三月出生，他們六月出生，所以我們同年。

不曉得是否因為這樣，亞夜子從以前就明顯對我展露競爭心態……這也是和這家人來往令我不耐煩的原因之一。

繼承人候選不是亞夜子而是文彌，所以她抱持競爭意識也很奇怪……這應該是我毫不掩飾的真心話吧。

文彌率直地仰慕我，所以很可愛，但我也覺得他在男生之中有點可愛過頭。相較於哥哥，實在是……不對，那個人是例外。

我看到兩人今天可愛過頭的服裝，非得費力克制臉部肌肉的動作。

即使冷氣再強，文彌在這個季節穿這樣不會熱嗎？即使加入了休閒風格，但他身上是短版西裝，甚至加上裝飾腰帶……這是私人晚宴，我覺得他沒必要這麼認真。

另一方面，亞夜子……總之，真要說的話是一如往常。使用大量緞帶、滾邊與裝飾釦的連身裙，搭配膝上襪以及緞帶裝飾的短靴。美麗地燙捲的長髮以滾邊頭帶裝飾。我不打算挑剔別人的品味，但這身打扮應該不適合夏季度假勝地吧。

但當事人或父親，都是樂意穿上（讓他們穿上）這身打扮，所以真的是我多管閒事。

我抱持逃避現實的心情思考這種事時，舅父依然在炫耀他的兒女。例如亞夜子在鋼琴比賽得獎、文彌受到馬術老師稱讚，我適度附和這種一點都不重要的事，等待時間流逝。

這究竟是什麼懲罰遊戲？我總是這麼心想，不過幸好每次都不會被迫忍耐太久。文彌今天也差不多開始心神不定了。

「話說回來，深雪姊姊……請問達也哥哥在哪裡？」

看吧。

文彌是個很好的孩子，把我當成亞夜子般，也就是當成親姊姊般仰慕，但他更仰慕哥哥。應

該說抱持尊敬的念頭。

不對，形容成「憧憬」比較合適？但我並非無法理解。

哥哥基於一般定義（意思是只以魔法協會訂出的基準判斷）不具備優秀的魔法天分，但那個人具備的智力、身體能力與特殊技能，用來彌補這項缺陷都有剩。

在學校的成績首屈一指。

進行任何運動都是一流，或是超一流水準。

此外，那個人專屬的王牌，足以成為所有魔法師的天敵。

男生憧憬的英雄，絕對就是哥哥這樣的人。

不，肯定不只男生。

哥哥和表面上的溫柔、清新氣息或甜美表情這種東西無緣。

不過，哥哥很帥氣……

……慢著，我究竟在想什麼？

那個人明明只是我的護衛。

那個人明明和我只是親兄妹。

我這樣簡直像是有戀兄情結吧……！

「他在那裡待命。」

我如同要隱瞞突然湧上心頭的烏雲，百般振作裝出笑容，指向牆邊。

文彌輕呼一聲，臉頰泛紅。

看來成功瞞混了。

「……那個，請問他在哪裡？」

文彌的目光，游移在我身上和尋找哥哥的身影，人在旁邊的亞夜子裝作漠不關心，卻不時地看向牆邊。

她淺顯易懂的態度很有趣，讓我嘴角不禁露出笑容，但亞夜子似乎認為我是對文彌笑。我在堅持假裝漠不關心的她身旁，指著哥哥所站的位置向文彌示意。

哥哥看著我們。

「達也哥哥！」

文彌眉開眼笑地小跑步衝向哥哥身邊。

「真拿他沒辦法。」

亞夜子嘴上抱怨，卻依然快步追上文彌。怎麼看都像是克制自己別用跑的。

舅父看見這樣的兩人，露出有苦難言的表情。這也是老樣子。

舅父和亞夜子相反，以緩慢的步調前進，我也跟隨在後。

文彌不曉得在拚命對哥哥說什麼。

哥哥反覆點頭，微微揚起嘴角露出牙齒——他笑了？

那個人笑了？

不是嘲笑、不是苦笑，是那麼正常的笑容？

為什麼……？

他明明不曾對我露出那樣的笑容……！

「好了，文彌，亞夜子，不可以打擾達也工作。」

我為了維持討好他人的笑容，非得緊握拳頭到指甲插入手心的地步。我前方的舅父，則是自然露出完全看不透內心想法的完美假笑。

「辛苦了，看來你確實盡到本分。」

「不敢當。」

哥哥面對舅父時一如往常。面無表情，剛才露出的笑容像是沒出現過一樣。

「哎呀，父親大人，稍微聊一下沒關係吧？深雪姊姊是我們邀請的貴賓，保護客人的安全是主辦人的義務。我覺得只要待在這裡，就不需要勞煩到達也先生。」

「姊姊她說得沒錯。黑羽家的護衛，可沒有無能到無法保證一位賓客的人身安全。爸爸，您說對吧？」

咦？文彌不再以「父親大人」稱呼舅父了……

我在意起這種一點都不重要的事，也多虧如此得以分心。

「話是這麼說，不過……」

和我的想法無關，舅父困惑地支吾其詞。

我明白舅父內心的想法，亞夜子與文彌應該也明白。舅父不樂見自己的孩子們對哥哥抱持善意，尤其是文彌。

文彌是爭奪四葉家下任當家寶座的候選人。

哥哥只是護衛，保護同樣是四葉家下任當家候選人的我。即使以「守護者」這個特別的名詞稱呼，但終究是傭人，講難聽點就是免洗道具。

如果無法將其視為「道具」並劃清界線，不可能成為四葉的繼承人。

不過，哥哥是我的護衛，文彌與哥哥只是再從兄弟關係，所以就算文彌仰慕哥哥，其實也完全不成問題。亞夜子也是。即使亞夜子對哥哥抱持好感，無論是何種好感都沒什麼問題。真夜姨母應該不會在意。

若要極端來說，舅父只是在意旁人眼光罷了。舅父只把哥哥當成傭人、當成免洗道具，基於這層含義，黑羽貢這個人連骨子裡都是「四葉」。所以他看到自己的孩子們對道具抱持情感，一定覺得很丟臉。

這是身為「四葉」理所當然的態度。

我為了成為「四葉深雪」，也非得和舅父抱持相同的心態。

他是哥哥，更是守護者。

那個人是我的護衛。必要時得以自己的生命為代價保護我。他是身負這項義務的盾。

既然是道具，那個人理所當然不會喜歡我，我也不應該對那個人抱持情感。

我如此告誡自己。

如同施咒般反覆告誡。

哥哥是我的護衛。

是保護我的盾。

這是哥哥被賦予的職責。我非得成為真夜姨母的後繼，所以哥哥不是我的哥哥——

我大腦深處一陣刺痛。

一瞬間，我感覺不曉得自己身在何處。

這當然是錯覺。我受邀參加黑羽舅父的晚宴，舅父在我前方面有難色。

……總覺得我剛才在思考某件重要的事……應該是我多心吧。

「……文彌，別過度造成舅父大人的困擾。」

出乎意料地，為舅父打圓場的人是哥哥。

他也直接稱呼文彌的名字。

語氣親密，如同對待親弟弟一樣。

我感覺大腦深處隱隱作痛。

不悅的感覺使我不由得差點板起臉。

不行。

要是我這時候露出不高興的表情，旁人可能誤會我不滿於舅父與哥哥的應對。

……這是……誤會嗎……？

不行不行，不能想這種事！

那個……這時候該怎麼做？

櫻井小姐應該在出發前教導過我才對。

對，重點在於巧妙瞞騙自己的心情——

「黑羽先生，會場裡方便交給您嗎？在下到外面巡視一下。」

「喔，這樣嗎？這份心態值得嘉許。」

舅父聽到哥哥的要求，做出誇張的驚訝反應，刻意稱讚哥哥。

「明白了，深雪小妹交給我吧。我會負責維護會場安全。」

這種口頭上的稱讚，舅父想說幾句應該都說得出來。

因為這個趕走眼中釘的體面藉口，是由眼中釘自己說出來的。

非常稱心如意的客套話。

『所謂的表面工夫，得先讓自己能接受才行。』

——哥哥在忠實履行自己的職責。

「怎麼這樣！我們明天就要回靜岡啊！平常就很難見面，卻連話都不能好好說……」

「文彌，稍微冷靜下來……達也先生，正如文彌所說，所以請您早點回來吧。」

「我明白了。我巡視一圈就會回來。那麼黑羽先生，恕我暫時離席。」

——所以，我也非得努力飾演自己的角色。

我聽著文彌的抗議、亞夜子的請求，以及哥哥語氣溫柔的回應，如此告誡自己。

〔5〕西元二〇九五年十一月六日／四葉本家會客室

——嘻嘻——

深雪忽然笑出聲，看著窗外的達也，將目光移回室內。

這裡是和日式建築風格完全相反的西式大房間。牆上色調明亮的大型風景畫，不是螢幕畫面也不是複製畫，而是著名的現代畫家在畫布上繪製的真正油畫。厚重的原木桌大到足以準備十人以上的座位。

即使如此，這個房間依然給人空蕩蕩的印象。大概是因為能擺十幾張椅子的桌旁，只擺放四張沙發椅，除了桌子與沙發椅完全沒有傢俱或擺飾，使得室內空間過度寬敞。室內看起來不必要地寬敞，或許是想造成壓迫心理的效果。

不過，達也如今不可能注意這種事。他的眼神直接投向妹妹。

坐在貓腳沙發椅的深雪，承受達也疑惑的視線，尷尬地縮起頸子。

「……哥哥，不好意思。我稍微想起一些往事。」

「快樂的往事？」

深雪掛著笑容回應，於是達也同樣跟著微笑。

「不是……是想到以前的我太愚蠢，覺得很好笑。」

這番話自虐到達也收起笑容，還不禁反覆眨眼，但深雪的語氣與表情都和話語相反，完全沒有消極的要素。

「這麼說來，哥哥從以前就對亞夜子與文彌很溫柔……我當時很受打擊耶。」

達也聽到深雪這麼說，就猜出她究竟回想起何時的往事，不禁露出苦笑。

「總之……當時我也是孩子，以這個解釋原諒我吧。」

「請別這麼說，愚蠢的孩子是我才對。」

以世間的角度，兩人都還是稱為「孩子」的年紀。兄妹倆也不認為自己是大人。

即使如此，兩人也斷言三年前的自己比現在更像「孩子」，完全不會突兀或猶豫。

「我是哥哥的妹妹，當時卻完全不了解哥哥。不對……是未曾試著理解哥哥。」

達也試圖反駁，然而看到妹妹露出虛幻的笑容搖頭，他就說不出話。

這不是應該反駁的事，也不是需要反駁的事。

不是誰的錯，也不是誰要負責。達也與深雪都明白這一點。

既然深雪不想提往事，達也同樣無須重提。

達也將視線移回窗外。

看起來像是心不在焉地看著戶外，但他的五感全力運作，避免漏看任何徵兆。他超越五感的超知覺處於待命狀態，隨時可連結情報體次元。

這一切都是為了保護深雪。

為了優先排除任何可能危害深雪的要素。

這一點從以前到現在未曾改變。

只是深雪以前沒察覺而已。

只是達也以前沒讓她察覺而已。

【6】西元二〇九二年八月五日／沖繩別墅～恩納海岸近海

昨天好晚才休息。抵達沖繩第一天就參加宴會，上床時將近凌晨，頗為辛苦。

即使如此，我還是在太陽公公沒完全露臉的時間清醒，只能說是習慣使然。

其實我還想睡，但我不想當個懶散的女生，睡回籠覺完全免談。我打起精神朝手腳使力，下床打開窗簾，順便打開窗戶透氣。這個房間位於面對後院的二樓，所以即使還穿著睡衣，也不用擔心別人看見……但其實還是得先整理服裝儀容，才是淑女應有的品格。

我深吸一口隱含潮汐味道的微風，用力伸個懶腰。

不經意低頭一看，哥哥正在做訓練。

放低重心、踏出右腳、伸出右手、伸出左手。

維持著重心踏出左腳，將伸出的左手再往前伸，接著迅速收手，右手交錯往前伸。

右腳拉向左腳，同時旋轉身體，右手由內往外、左手由外往內，右手向上、左手向下，力道十足地張開。

大概是我不知道的某種空手道或拳法套路。

雙手各自握著約一公斤的小小啞鈴，仔細完成每個動作。彷彿一流的舞臺劇演員或舞蹈家的招牌姿勢般犀利。

哥哥繞半個後院一圈之後停止動作，放鬆全身力量，吐出長長的一口氣。

——咦，結束了……？

我依依不捨地注視著哥哥深呼吸的背影，希望能再一次欣賞那美麗的「舞蹈」。

再讓我欣賞一下。

再一次就好。

讓我這個妹妹，欣賞您帥氣的樣子……

——慢著！

我在這時候恍然回神。

——天啊，我看到入迷了？

我連忙拉起窗簾，離開窗邊。

窗簾拉軌發出相當大的聲音，但不會傳到庭院……應該吧。

我背靠牆壁，就這樣緩緩滑落，癱坐在地上。

臉頰好燙。

撲通撲通拍打激烈節奏的心臟，即使我按住胸口，也遲遲無法恢復平靜。

——應該沒被發現吧？

哥哥未曾抬頭。

應該沒有看見站在窗邊的我才對。

然而我卻不禁認為，哥哥似乎察覺到我看他看得入迷了。

早餐一如往常由櫻井小姐準備。這間別墅基本上配備有ＨＡＲ管理的自動配膳機，但櫻井小姐自己正是最堅持「自動機械調理的飯菜索然無味」的人，所以只要沒有其他任務，家裡三餐都是由她親手製作。

最近我也開始幫忙，但是老實說，我自己也覺得功力還差得遠。

「您決定今天的行程了嗎？」

享用餐後紅茶時，櫻井小姐如此詢問。形式上是向母親確認，卻也是在詢問我的行程。這種事無須一一確認。

「要是暑氣稍微緩和，搭船到近海也不錯。」

母親稍微思索之後如此回答。

「那要搭遊艇？」

「這個嘛……小一點的帆船就好。」

「我明白了。那就四點出海，您意下如何？」

「好的，麻煩妳安排。」

櫻井小姐習以為常地，從母親有點不夠具體的話語解讀意圖，順利擬定計畫。

這麼一來，我四點以後的行程也等於已經拍板定案。母親在那之前應該打算在別墅度過，我該做什麼好呢？

「深雪，要是沒有特別的行程，要不要去海灘？我想光是躺在沙灘也能充電一下。」

在我思索時，櫻井小姐提出這個建議。

「……說得也是，上午就到海灘悠閒地放鬆吧。」

「那我幫忙準備。呵呵，既然要穿泳裝，全身就得徹底擦上防曬乳液才行。」

……咦？「呵呵」的意思是……

「……不，沒關係。我可以自己擦。」

「別這麼說，不用客氣。」

……櫻井小姐，我總覺得您莫名樂在其中的樣子。

「南方島嶼的陽光很強烈，要是哪裡沒擦到就麻煩了。」

……櫻井小姐，我總覺得您眼神怪怪的。

「泳裝底下也得好好處理才行。呵呵呵呵……」

「咦，那個……櫻井小姐？」

櫻井小姐，那個……我總覺得您好恐怖！

「走吧，我們去做準備。」

我想要默默地逃走，但我還沒踏出半步，手腕就被櫻井小姐給抓住了。明明沒有用力抓到作痛，卻再怎麼樣都無法掙脫。

就這麼被拉到二樓的途中，我似乎看見哥哥忍著笑意而背對著我。

……那個人明明不可能做出這種正常人的反應才對。

◇　◇　◇

結果，櫻井小姐真的親手幫我全身上下擦滿了防曬乳液。我鞭策著疲憊的身體，來到了最靠近別墅的海灘。

……為什麼非得因為這種事而累成這樣？我心中對此感到蠻橫無理。

總之我好想讓身體放鬆，因此脫掉前開式的束腰上衣，在哥哥準備的陽傘底下，趴在哥哥鋪的海灘墊上。

身上的泳裝不到比基尼的程度，卻是相當裸露的兩截式。這並不是我選的，而是櫻井小姐逼我穿上的。

我自己這樣說也不太對，但哥哥即使看到我不檢點的樣子依然不為所動。他就這麼穿著海灘短褲與連帽上衣，坐在我的身旁，將目光投向地平線。

抱著微曲的雙腿，心不在焉。

我移動眼神窺視，他也像是沒察覺我的視線般一直注視遠方。

這樣不會無聊嗎？

健康又擅長運動的國中一年級男生，面對大海卻只是坐著不動。

這很正常？我受到這個疑問驅使，以手肘撐起身體，悄悄觀察其他陽傘下方的樣子。

那邊……是家族出遊。有父親與母親，以及大概小學一、二年級的女生。

才這麼心想，就有一個比女生年紀大一點的男生從海岸線跑來。

男生拉著父親，想帶他到海裡。

旁邊的陽傘是空的，放著兩人份的行李……有兩件連帽上衣，所以是兩人份吧？

應該是兩人都到海裡玩水去了。

再過去是……哇哇！

我慌張地低下了頭。

悄悄偷看一眼，結果再度慌張地低頭。

那裡有位大概是高中生——應該不是大學生——的男性，幫一名女性擦防曬油。

甚至擦到相當敏感的部位了。應該說，那樣完全摸到了吧？

在這種毫無遮蔽物的地方那麼做，不……不會難為情嗎？

至少男性似乎不在意被他人看見。他撫遍女性全身，露出開心的笑容。這張笑容看在他人眼裡不是很舒服。

男性都喜歡那樣？

或許有人會嘲笑我一知半解——櫻井小姐肯定會嘲笑我，但我在某本雜誌看過，男性總是很想觸摸女性的身體。聽學校朋友說，她間接聽到某位「有進展」的學姊每次約會時，總是困擾於男朋友想進行親密行為。當時我憤慨地覺得那個人很不尊重女生。「性自由」的惡劣風俗，早在半個世紀前結束了！何況對象還只是國中生啊！

……不行不行，我得冷靜。不能害盛夏的沖繩海岸結霜。

不過，女性看起來似乎也沒抗拒。

她和我一樣趴著，所以我看不見她的表情。但她既然任憑男生那麼做，心中應該並未感到有所抗拒吧。

……和我一樣？

趴著休息的我，以及坐在我身旁的那個人。

這個人不會想到那種事？不會抱持那種心情？

我只把頭轉過去，再度窺視哥哥。

哥哥看著我。

我們目光相對。

我僵住而無法移開視線。相對的，哥哥兩三秒後移開目光，再度面向地平線。

好不容易恢復身體自由的我，無法怒罵哥哥，只能以手臂遮住發燙的臉。

原本想解開高高綰起的頭髮代替簾幕遮臉，但之後肯定會很麻煩。

我只能趴著等待臉頰熱度消退。

閉上雙眼，燙得恰到好處的大腦，老是在思考無須思考的事。

這個人，究竟從何時開始看我？

在看我的哪裡？

背部？腿？還是……

這個人也對那種事感興趣嗎？他會想摸我的身體嗎……？

我明白，不能對親哥哥思考這種事。

可是——

我與哥哥即使住在同一個家，平常也幾乎不會在家裡見面。

只有在包含上下學的外出時間，哥哥才會和我在一起。只有像現在這樣外出旅行時，才會整天在一起。

從年紀很小的時候，別說一起洗澡，我甚至不記得哥哥陪我玩過。

在我心目中，哥哥與其說是家人，更像是大我一歲的男生朋友。這是我實際的感覺。

哥哥大概也一樣。

在哥哥心目中，我肯定也是同樣就讀國一，小他一歲的女生……

忽然間，傳來砂子微微摩擦的聲音。

我大致知道是哥哥起身。

我無法抬頭。

我將臉用力按在當成枕頭的手臂上。

試著朝雙手、雙腳與背部使力，感覺得到全身緊繃。

僵硬的身體內側，只有心臟撲通撲通地劇烈跳動。

我感覺哥哥似乎將身體探到我身體上方。

無法呼吸。

意識恍惚。

現在就缺氧也太快了——這份毫無意義的冷靜思緒掠過腦海。

我的身體無法對手腳下達有意義的命令。

此時，一塊薄布輕盈地蓋在我身上。

——咦？

肩膀到大腿都傳來薄布覆蓋的觸感。

是我脫下的束腰上衣。

剛才隨意摺好放在旁邊的上衣，攤開蓋在我的身上。

總覺得忽然有種安心感。

無意義的緊張情緒消失，或許是這股反作用力，使我精神鬆懈過頭。

當時的我沒有餘力像這樣自我分析，而被舒服的睡意拉入夢鄉。

以結果來說，我非得感謝櫻井小姐。即使以陽傘擋著，我依然在烈陽底下睡了好久。要不是連腳趾甲根部都確實以防晒乳液防禦，裸露的雙腿現在肯定很慘。

「好熱……」

我熱到中止補充睡眠時，哥哥果然還是在我身旁看著地平線。

「……我睡了多久？」

「大約兩小時。」

我無預警地提出這個問題。

即使如此，哥哥也間不容髮地立刻回答。

簡直就像是我不會問其他問題一樣。

感覺像是趕著回答，不讓我有時間思考。

「這樣啊。」

我覺得有點不對勁，但我剛清醒的腦袋，無法深思這股模糊異樣感的真相。

我一起身，束腰上衣就滑落到墊子上。

大概是海風吹拂砂子，我明明睡在墊子上，手腳卻稍微沾到了砂子。

「我去海裡玩一下。」

我簡短告知之後，不等回應就套上涼鞋。

墊子的周圍，留下無數像是挖掘沙灘而成的腳印。是我睡著之前沒有的東西。不時看到較為平坦的凹陷，似乎是有人背部著地的痕跡。

大概是在玩海灘球吧……？

周圍的陽傘都收掉了。

看來我睡得很熟——我思考著這種悠哉的事情，走向海岸線。

吃完遲來的午餐之後，我回房享受一段讀書時光，不過兩小時就膩了。我不討厭讀書，只是今天莫名地沒這個興致。

請母親看我練習魔法吧。

我如此心想，前往母親的房間。

我的房間位於二樓最深處。

母親的房間也位於二樓，在隔著階梯另一頭的最深處。

從我房間隔一個空房，位於階梯旁邊的房間，是哥哥的房間。

經過哥哥房門前時，裡面傳出聲音。

我不由得停下腳步。

這間別墅完全是一般度假用的別墅，不像自家具備完全隔音的規格，但也沒有陽春到站在走廊就聽得到一般的講話聲。除非音量相當大，否則聲音應該不會傳到門外。

而且，剛才的聲音是……櫻井小姐？

我不禁將耳朵貼在門板上。

『居然扔著這麼嚴重的瘀青不治療！』

櫻井小姐大概是在斥責哥哥。

……瘀青？

『沒什麼大不了。骨頭沒異常。』

『並不是沒骨折就好吧！這樣不痛嗎？』

『有痛楚。不過，這是在下犯錯應得的懲罰。』

痛楚？

懲罰？

究竟在說什麼？

『唉……受不了，老是這樣……雖然我已經放棄矯正達也的心態，可是……至少為你使用治療魔法吧，所以請脫掉衣服。』

老是這樣？

『沒必要。如果會妨礙到戰鬥行為，就會自己治好。』

『……達也，守護者也有自己的日常生活。我們不是戰鬥機器。何況像是剛才，只要叫醒深雪逃走就行了。即使要儘可能尊重護衛對象的意志與自由，也不用因為不想妨礙深雪午睡，就捲入他人的爭執吧？』

……咦？我？

『我會反省。』

『請你真的要反省喔。逃走也是很了不起的戰法。請達也學習稍微通融一下。』

我聽不到嘆氣聲，但我覺得櫻井小姐似乎垂頭喪氣地轉過身來。

我慌張地，但還是躡手躡腳地回到自己房間。

◇◇◇

櫻井小姐安排的遊艇，是提供六人搭乘，附設電動馬達的帆船。

我們四人加上舵手與助手，人數剛剛好。

我們坐在甲板設置的對向長椅，等待出航。母親坐在我的正前方，而哥哥則是坐在我的身邊靠船頭處。

我假裝參觀船帆打開的樣子，觀察哥哥的側臉。

哥哥專心注視著馭帆程序，沒察覺我的視線。

我一直很在意剛才偷聽到的事。

哥哥是我的護衛。

當然有可能為了保護我而受傷。

但我至今幾乎沒看過哥哥受傷。

也很少像是昨天那樣，直接目擊衝突場面。

哥哥的傷大多是訓練造成的。

所以我認為，即使我是四葉繼承人候選，敢對我這種孩子動手的卑劣分子應該不多。

那種事只會在小說裡發生，在現實生活是例外事態。

文彌那邊，與其說是因為四葉家，應該和舅父的工作性質比較相關。

隨侍在我身旁的「守護者」，是伴隨「四葉繼承人候選」這個地位而來的象徵。

所以才會由哥哥這樣的孩子擔任守護者。缺乏魔法天分的哥哥受命成為守護者，就能在四葉家確保棲身之所——我內心抱持這樣的想法。有點像是以這種方式沖淡內疚感。

不過，兩人剛才的對話，像是把受傷當成家常便飯在討論。

「深雪，妳在掛念什麼事嗎？」

「啊，不，沒事。」

對面忽然傳來聲音，我連忙將頭轉回來。

糟糕。

我害母親擔心了。

「因為好久沒出海了……」

「啊，這麼說也是。」

幸好我假裝在參觀揚帆程序。

但我不覺得自己能一直瞞混過去，所以決定之後再思考。

此時，帆船剛好示意出航。

明明沒使用馬達，船卻以超乎想像的速度離開碼頭。

我將意識聚焦在流逝而去的景色。

遊艇承受西風，往北北西伊江島的方向航行。

覺得沖繩夏季應該是吹東南風的我，向船長詢問才知道，低氣壓正從東方海面接近。

船長說，強度不足以發展為颱風，所以不用擔心。

我沒注意到這點，所以反而有點擔心……但我們並非出海好幾天，應該是杞人憂天。

雖然朝伊江島航行，但我們的目的只是搭船，所以預定中途折返。依照現在的風速，光是單程航行就會天黑。

航行比想像的舒適許多。

感覺鬱悶的心情都隨風而逝。

早知如此應該更早出發，前往更遠的地方。

我閉上雙眼，暫時以肌膚感受穿帆而來的風。

要是就這樣結束航程，今天應該就能睡個好覺了。

——之所以使用假設的說法，是因為我知道不會這樣就結束。

刺痛肌膚的緊張感使我睜開雙眼。

櫻井小姐以嚴肅的表情注視近海……不對，是瞪著近海。

助手拚命朝無線電聯絡的話語是——潛艦？看樣子不是國防軍的潛艦。難道是外國的？這裡明明是日本領海，難道是……侵略？

慌張的不只是我。連整艘船都像是不知所措，船帆發出像是馬達軋轢的聲音捲起。

切滿舵的遊艇傾斜，我抓住長椅扶手。

「大小姐，請往前。」

明知現在不該計較這種事，但哥哥稱呼我「大小姐」，使我受到前所未有的打擊。

明明一如往常，但是這種客套的稱呼方式，令我好難過。

因此，我的態度變得更加粗暴冷淡。

「我知道！」

哥哥沒有違抗我完全沒必要也沒意義的高壓話語，讓座給我。

然後，他觀察冒泡的海面。

哥哥保護在身後的我，看不到哥哥的表情，卻清楚知道這個人現在是何種眼神。

不是瞪視，亦非凝視。

是那種看不出任何情感的空洞雙眼。

櫻井小姐也保護母親站在船尾。

母親是非常強悍的魔法師，但最近身體跟不上魔法威力。魔法與身體的相互作用，還有許多尚未解析的部分，不過依照經驗法則，使用強力魔法時，將會隨著魔法威力而消耗體力。

不能讓母親使用魔法。

我想到這一點，連忙從小包包取出ＣＡＤ。

櫻井小姐早就讓ＣＡＤ待命。

至於哥哥——就只是空手站著。

從冒出的泡沫中，看得到兩條黑影接近這裡。

海豚？不可能！

我直覺得知黑影的真面目。

是魚雷！毫無預警地就打了過來？

哥哥在僵住的我前方，做出無法理解的動作。他朝著海中進逼而來的黑影伸出右手。

他沒拿ＣＡＤ，這種動作有什麼意義？

你姑且也是魔法師吧！

我像是胡亂發洩般暗自在心中怒罵。自己無能為力的煩躁感，加諸在哥哥做出莫名舉動造成的煩躁感。

然後，我抱持求救心態，抬頭看向櫻井小姐的側臉。櫻井小姐是母親的守護者，應該會幫沒用的哥哥或我做點事——我如此斷定，代替逃避現實的心態。

然而，我預估錯誤了。

在櫻井小姐發動魔法之前……

哥哥就使出如同雲層迸出雷電般的強力魔法。

事情發生在短短一瞬間，我甚至沒立刻察覺這是發動魔法的徵兆。

兩枚魚雷都逐漸沉入海底。

黑影在下沉途中擴散，是因為魚雷被分解成碎片？

是這個人做的……？

沒有使用任何輔助器具……？

即使內心排列再多的疑問與否定話語，身為魔法師的我也明白，這個現象無庸置疑地是哥哥的魔法造成的事象改寫，是干涉構造情報、分解構造體的極高階術式使然。

這個人除了能癱瘓對方魔法，應該沒有顯眼的魔法技能才對，可是……？

難道，我對這位哥哥一無所知？

完全不了解真正的哥哥？

櫻井小姐朝海面下施放魔法，我則是在蜷縮在旁邊的長椅，凝視著哥哥的背影。

【7】西元二〇九五年十一月六日／四葉本家會客室

看著窗外的達也，忽然轉身看向門口。

這座宅邸表面上是傳統日式房屋，裡面卻是日西合璧到沒節制的程度。形容成「日西混合」或許比較適當。各房間分別是純日式或純西式風格。

這間會客室——「謁見室」是純西式。壁紙、天花板、地板、窗戶、燈飾或傢俱全是西式風格。房門也是外開的木門。

達也視線前方的這扇門，響起「叩叩叩叩」的敲門聲。

深雪就這樣坐在沙發說聲「請進」，門便隨著「打擾了」的聲音開啟，身穿和服加圍裙的「女侍」現身……即使覺得這身打扮比「女僕」符合宅邸形象，卻無法拭去搞錯時代的印象。

這位「女侍」深深鞠躬致意，然後側移一步。

她身後站著一名身穿西裝的男性。

是達也很熟悉的人物。

深雪單手按在嘴角，遮掩張成「啊」形狀的嘴。

雖然不像達也那麼熟，但深雪基本上知道這名男性的身分。

男性進房之後，女侍再度鞠躬致意，沒說明原由就關門。看來她只負責帶路。

「達也，久違了。不過上週才見面就是了。」

平淡說出這段矛盾問候語的人，是獨立魔裝大隊隊長——風間玄信。

「少校，您為什麼……不對，是姨母找您過來的？」

詢問理由的達也，講到一半就將「詢問」改為「確認」。風間沒理由主動造訪四葉本家，因此明顯是四葉找獨立魔裝大隊的隊長過來。

「沒錯，但本官不知道會和貴官同席。」

「……非常抱歉。」

開口道歉的，是在風間入內同時起身的深雪。

風間這番話只是在陳述事實。他的器量沒有小到因為這種事就不高興。知道這一點的達也只有聳肩回應，但深雪似乎無法放任家裡的疏失。

「無須在意。」

風間與深雪並沒有太多交集。

他們應該沒在達也缺席時見過面。

所以風間在外人在場的時候，也不會對深雪如此地心直口快。但如果只有達也在場，無論如何都會將她視為「達也的妹妹」。

不過，即使見面次數不多，達也與深雪也是在相同時期認識他。和風間的交情，是從三年前的那個事件延續至今。

[8] 西元二〇九二年八月五日／沖繩別墅

國防軍的海巡部隊趕到時，可疑潛艦已經消失無蹤。

櫻井小姐憤慨地表示，軍方居然沒察覺領海被入侵，簡直是豈有此理的醜聞。不過老實說，我不太在意。

與其追究責任，我更想休息一下。

比起身體，心理更加疲勞。

海巡隊負責人想偵訊詳情，但我當時實在沒意願。不只是我，母親與櫻井小姐也抱持相同意見。所以我們要求他們想問話就晚點再造訪，先行回到別墅。

我現在躺在自己房間。

雖然花了點時間沖了個澡，但大腦依然不太清醒。

如同梅雨季節烏雲般占據腦袋的陰霾，是哥哥展現的那個魔法。如果我的知覺正確，那是藉由直接改變目標物的構造情報，分解目標物的魔法。

但如果我的記憶正確，直接干涉構造情報的魔法，理應屬於最高難度。不只是我做不到，母親與姨母應該也不可能。

那個人沒使用ＣＡＤ，就施展那種魔法……

那個人不是因為缺乏魔法天分，才從候選人名單除名嗎？

不是因為無法隨心所欲使用魔法，才成為我的護衛嗎？

我至今一直都是這麼聽說。而且除了無系統對抗魔法「術式解散」之外，我沒看過那個人使用高階魔法。

因為無法熟練使用現代魔法的主流——系統魔法，所以活用高超的身體能力，以及堪稱固有技能的對抗魔法，在四葉打造棲身之所——哥哥應是基於這個理由，成為我的守護者才對。

我不明白。

我不懂。

明明是親人、明明是兄妹，我卻一無所知。

甚至直到今天，才知道自己什麼都不懂。

我對此感到愕然。

仔細想想，成為國中生之後，本次旅行是我第一次真正離家。

基於真正的意義，哥哥應該是在昨天，第一次獨自保護我吧？

我六歲，哥哥七歲。

這是哥哥成為護衛，我成為護衛對象時的年齡。

接下來這六年，哥哥擔任我的護衛。

不過，有可能遭遇綁架或暴行的護衛對象，不可能只交給小學的孩子保護。

原來如此，所以我才不曉得那個人的真正價值，不曉得那個人真正的實力……

既然這樣，問誰才能明白那個人真正的樣子？誰才真正知道那個人？

母親？櫻井小姐？還是姨母？

我剛從思緒的迷宮找到逃離頭緒時，傳來敲門聲。

冷不防受驚的我，連忙從床上起身，梳理頭髮之後詢問有什麼事。

「抱歉打擾妳休息。防衛軍想問話……」

門外的櫻井小姐，以有點猶豫的聲音告知事由。

「問我？」

我在開門的同時回問。我的態度不算禮貌，但我驚訝自己明知如此卻做出這種反應。

「是的……我說只由我與達也就能回答他們想問的問題，可是……」

櫻井小姐一副非常愧疚的表情，但這不是她的錯……她這麼惶恐會令我過意不去。

「我明白了。在客廳嗎？」

我看到櫻井小姐點頭之後，表示換好衣服立刻過去。

前來偵訊的軍人，自稱風間玄信上尉。

眾人自我介紹之後，上尉立刻切入正題。

「……那麼，各位是湊巧發現潛艦，對嗎？」

「是副船長發現的。是基於何種前因後果而發現，請詢問他本人。」

「是否發現任何可以確定船籍的特徵？」

「對方是潛航狀態，普通人無法確定船籍。即使上浮，我們也看不出潛艦特徵。」

問答是由上尉與櫻井小姐進行。

母親看起來完全交給櫻井小姐處理，我當時則是失去冷靜，想插話也開不了口。

「聽說各位差點被魚雷命中？對於遭到攻擊的原因，各位心裡有底嗎？」

「沒有！」

櫻井小姐似乎很不耐煩。畢竟她打從一開始就不滿意國防軍的應對方式，而且現在這個問題就像是暗指「應該是你們亂來吧？」連我都有點不高興，所以櫻井小姐會生氣也難免。

「——你有察覺到什麼嗎？」

被櫻井小姐怒瞪的上尉，改為詢問哥哥。或許這個行為沒什麼特別意義，也可能只是矛頭轉向，藉以緩和場中帶刺的氣氛。

「我認為可能是想綁架我們，避免留下目擊者。」

但是，哥哥的回答明確到令人感到突兀。

「綁架？」

上尉也面露意外神色，同時以感到有趣的目光，催促哥哥說明。

「朝遊艇發射的魚雷，是發泡魚雷。」

「哦……」

發泡魚雷？……應該是魚雷會冒泡泡的意思吧……？

「發泡魚雷？那是什麼？」

在我感到納悶時，櫻井小姐代為詢問哥哥。

之所以沒問上尉，我覺得應該是她還在氣頭上。

「是在彈頭裝入藥品的魚雷，可以藉由化學反應，長時間製造大量的泡沫。要是水域充滿泡沫，螺旋槳將無法使用，重心較高的帆船很可能會翻覆。這種兵器就是以這個方式牽制對方，藉以偽裝成翻船意外，擄獲船上人員。」

「你為什麼這樣認為？」

上尉深感興趣地看著哥哥。

我只驚訝於哥哥知道這種事。

「因為遊艇的通訊遭到干擾。要偽裝成意外，得同時妨礙通訊。」

而且，他居然在那種狀況下，還能確實發現通訊出問題，這件事更令我驚訝。

「……本官認為光是這些根據，還不足以斷定是軍事武器。」

「我當然不是只以這些事做判斷。」

「意思是還有其他根據？」

「是的。」

「什麼根據？」

「我拒絕回答。」

「…………」

那個人毫不猶豫，乾脆地表示祕密不可洩漏，使得上尉語塞。

不，我與櫻井小姐同樣啞口無言就是了。

「需要根據嗎？」

「……不，不需要。」

哥哥進一步詢問，上尉似乎有些應付不來。

「上尉，差不多可以了吧？我想我們無法提供上尉派得上用場的情報。」

自我介紹之後一直保持沉默至今的母親，忽然以感到無趣的聲音這麼說。

感到無趣，而且難以違抗的聲音。

上尉立刻察覺話中隱含的抗拒意志。

「也對。感謝各位的協助。」

上尉緩緩起身，敬禮道謝。

上尉他們離開時，由我與哥哥送行。

外面馬路停著一輛車，兩位壯碩的阿兵哥立正站著。

其中一人看見哥哥就睜大雙眼。

我也記得他的長相。是昨天傍晚在散步路上找碴的不良軍人——「遺族血統」。

「原來如此。」

風間上尉看到阿兵哥的驚愕表情，立刻露出知道隱情的表情而點頭。

「打倒喬的少年就是你啊。」

上尉這番話，使我反射性地有所提防。

不過，我看到上尉露出開心的笑容，因而放鬆身體。

哥哥的身體毫無反應。

「小小年紀就習得透勁，這樣的天分值得驚嘆。」

上尉從頭到腳頻頻打量哥哥，但哥哥依然毫無抗拒的樣子。

不過，「透勁」是什麼？

聽起來似乎是相當高階的技術……

「檜垣上兵！」

上尉以近乎怒罵的響亮聲音呼喚，使得昨天的不良士兵用力一顫。

承受強烈目光的他，連忙跑到上尉面前。

上兵敬禮之後立正不動，上尉狠狠瞪了他一眼。

接著，上尉再度面向哥哥，並且低下頭。

「部下在昨天有所冒犯，容本官謝罪。」

出乎意料的光景，使我不曉得該說什麼。

上尉只是將雙手放在身後，雙腳與肩同寬之後微微低頭致意，從世間禮儀來看相當草率。不過上尉這樣嚴肅的軍人，居然這麼乾脆就向哥哥這樣的孩子謝罪，令我非常意外。

「我是上兵檜垣喬瑟夫！昨天非常失禮，請原諒！」

繼上尉出言道歉之後，檜垣上兵和昨天完全不同，以拘謹的態度說完後，便不同於上尉深深地低頭致意。

看來他原本並非那麼壞。

而且，他看起來很怕上尉。

「——我接受道歉。」

哥哥停頓片刻之後回應。

「謝謝！」

我也沒異議。

何況我打從一開始就不打算插嘴。

風間上尉在檜垣上兵的陪同下，走向大型敞篷車，但他沒走三步就停下腳步轉身。

「記得你是司波達也？本官目前正在恩納基地兼任空降魔法師部隊的教官。有空務必來基地造訪。我想肯定能讓你感興趣。」

風間上尉留下這番話之後，不等哥哥回應就上車。

【9】西元二〇九二年八月六日／沖繩別墅～恩納空軍基地

假期第三天，天候從早上就不佳。

天空陰沉，強風大作。

熱帶性低氣壓似乎正從東方海面接近。

雖然據說來到這裡不會發展為颱風，但好像是接近颱風的低氣壓。

各台新聞都建議今天避免水上活動，但沒人會刻意在這種天氣到海灘。更別說出海。

我們預定在這裡停留兩週，所以沒必要硬是計較一兩天。

「您今天要安排什麼行程？」

櫻井小姐將剛烤好的麵包遞給母親，如此詢問。

「在這種日子逛街購物也不太好……」

母親微微歪過頭，自言自語般輕聲回應。這個動作像是少女般清純可愛。雖然是老話重提，但母親真的好年輕。

「要怎麼安排呢？」

被反問的櫻井小姐，停下用餐動作歪過腦袋。

櫻井小姐看起來也相當年輕，但是相較於母親，她看起來比較像是「姊姊」……但母親實際年齡大得多。

「這個嘛……欣賞琉球舞蹈如何？」

櫻井小姐說完，打開牆上螢幕。

靈活操縱手邊的遙控器，調出琉球舞蹈公演的簡介。

「似乎也可以換上舞蹈服體驗。」

「感覺很有趣。深雪覺得呢？」

「我也覺得好像很有趣。」

「那我去安排車子。不過有一個問題……」

我與母親相視而點頭時，櫻井小姐看著我們，表情微微一沉。

「本公演限定女性入場。」

啊，真的耶。影片下方的簡介確實這麼寫。

那麼，哥哥就……

「這樣啊……」

母親撕下一小塊麵包，送進口中咀嚼。

「……達也，准你今天自由行動。」

「是。」

「記得昨天那位上尉邀你去基地？這是個難得的好機會，你就去參觀吧。或許可以獲准參與訓練也說不定。」

「我明白了。」

母親說可以自由行動，卻依照自己的想法命令哥哥。

哥哥沒有展露不平衡或不滿的心情，而是面無表情地接受。

一如往常。

「那個……母親大人！」

我自己也不曉得為何說出這種話。

「我也可以和哥……哥哥，一起去嗎？」

我的嘴唇、舌頭與聲帶，擅自說出這種話——講到哥哥的時候有點結巴，一定是因為平常只在心中稱他為「那個哥哥」或「那個人」，並不是因為緊張……才對。

「深雪？」

我自己也覺得這個要求很唐突。正如預料，母親投以疑惑的目光。

嗚嗚，好不自在……！

「啊，就是……我也對軍方魔法師的訓練感興趣，那個……也覺得身為女主人，必須掌握自己守護者的實力……」

「這樣啊……精神可嘉。」

我非常抗拒說出「女主人」這個詞。

但先不提那個，母親似乎相信我這個硬編出來的藉口。

莫名有種罪惡感……

但我不認為我在說謊——因為無須討論是說謊或胡謅，我根本不懂自己的真正想法。

「達也，如你剛才聽到的，深雪會一起去參觀基地。」

「是。」

「順便提醒你一件事。在他人面前，不可以對深雪使用敬語。不能稱呼深雪是『大小姐』，必須直接稱呼『深雪』。可能令他人發現深雪是四葉下任當家的言行一律禁止。」

「……我明白了。」

這次，哥哥稍微停頓了一會兒才點頭。

感到困惑的不只是哥哥。

我也完全處於困惑狀態。不是因為母親少說「候選人」三個字，而是因為想像哥哥叫我「深雪」的場面。

「千萬不能誤會。這始終是欺瞞他人目光的權宜之計，深雪和你的關係毫無改變。」

母親引發小小突兀感的這番話，哥哥只簡短回應「屬下銘記在心」。

我們在度假，但對方是在執勤，而且地點是國家單位。為了避免失禮，造訪風間上尉的基地時，我穿的是裸露面積少，花紋也比較樸素的短袖連身裙，加上隔離紫外線的半透明開襟上衣。哥哥則是身穿素色短袖運動衫、夏季外套以及棉質長褲。

「我是防衛陸軍兵器開發部的真田。」

在基地前來迎接的軍人如此自稱。他說階級是中尉。哥哥聽完後露出驚訝表情。

為什麼……感覺這個人在外人面前，表情比較豐富。

「怎麼了？」

「沒事……我沒想到是由軍官帶路。而且我聽說這裡是空軍基地。」

真田先生聽到哥哥這番話，嘴角露出笑容。感覺態度變得比較親密。

「看來你相當熟悉軍方的事情。」

「教我格鬥技術的師父是陸軍退役。」

「啊，原來如此……陸軍技術軍官之所以出現在空軍基地，是因為本官的專長有點特別，這方面的人材不足。之所以不是由士官帶路……是因為對你有所期待。」

語畢，真田中尉露出了一臉和善的笑容。雖然不算很英俊，但我覺得他長相很親和，不會帶給人警戒感。

但是不知為何，哥哥看到這張笑臉，似乎有所提防。

真田先生帶我們來到一間挑高體育館。形容為體育館，只是因為在我所知的建築物種類裡，這是最像的一種，其實或許是另一個名稱。

大約一般建築物五層樓高的天花板，垂著好幾條繩索，許多士兵反覆沿著繩索爬到天花板附近之後跳下來。他們背上沒有降落傘。何況降落傘在這種高度不曉得是否派得上用場。我覺得按照常理，從這種高度跳下來當然會骨折。

是加速系魔法的減速術式嗎……

人數約五十人左右。

反覆攀繩跳落的這些阿兵哥，都是魔法師。

他們看起來等級不高，但這座基地的魔法師應該不只這些人。一座地區基地居然聚集這麼多魔法師……或許該說不愧是國境的最前線吧。

那個不良士兵……呃……叫作檜垣的上兵也在場。

原來那個人是魔法師……

風間上尉在等我們。真田先生前去迎接時，他應該就知道我們造訪，但我沒想到他會把監督訓練的任務交給部下，等待我們來臨。

不對——他等待的不是「我們」，是哥哥。

「看你這麼快就來了，我可以解釋為你對軍方有興趣嗎？」

風間上尉嚴肅的臉上露出笨拙的笑容，對哥哥這麼說。

「我有興趣。但我沒決定要不要從軍。」

「嗯，我想也是。記得你還是國中生？」

和昨天不同的遣辭用句，令人感受到某種非分之想（這麼形容或許有點過分）。

「剛升上國中。」

「十二……不對，十三歲吧？但你很穩重。」

「十三歲。」

哥哥平淡回應上尉的詢問。老實說，我不禁感到意外，但我立刻察覺到，這不過是我擅自認定造成的誤解。

哥哥在學校是優等生。在小學是如此，即使是在剛升上的國中，只要是和魔法無關的科目，

就一直是優等生。

即使說客套話，哥哥也稱不上擅於社交，但他在各種場面受到同學或學弟妹的信賴，老師們也對他另眼相看。

如果他出生在和魔法無關的家庭……

如果他不是四葉家當家的外甥……

如果他不是母親的兒子……

如果他不是我的哥哥……

……思考這種事也沒意義。

這等同於假設我沒繼承「四葉」深夜的血統。

在我切換心情時，不知何時討論到要不要參加攀繩訓練。當然和我無關，是哥哥。

「不，我不太擅長魔法。」

聽到那個人以「我」當作第一人稱，我感到背上一陣發癢。這是因為，母親囑咐過要表現正常人的樣子嗎？

不太適合就是了……不，這不重要！

「請問，您為什麼知道哥哥……」

又來了，我說出「哥哥」兩個字，就有種強烈的異樣感。

為什麼？

這個人是我的哥哥。這明明是毋庸置疑的事實……

「是魔法師？」

但要是在這時候結巴，將會不自然至極。

不提這個，現在這件事比較重要。

哥哥平常沒攜帶ＣＡＤ。當然也沒帶符咒或金剛杵之類的傳統輔助器具。

母親與我愛用手機造型ＣＡＤ，應該只有櫻井小姐，會讓人一眼就看得出是魔法師。

難道他查過我們的真實身分……？

「……算是直覺吧。」

風間上尉似乎沒想過我會提問，露出有點意外的樣子，接著以正經八百的表情，回以一個感覺不到認真氣息的答案。

直覺？這是怎樣？

想打馬虎眼？

「本官並不是要隱瞞什麼真相。」

——！

他在如同看穿我想法的時間點如此回應，使我繃緊表情。

「看過幾百個魔法師，就能以氣息分辨對方是不是魔法師，並且判斷實力強弱。」

不能露出內心亂了分寸的樣子——我如此心想卻無法克制。

「話說回來，妳為什麼在意這種事？」

糟糕……！

我過度反應，令對方起疑了。

母親明明吩咐過，不能讓他人察覺我們和四葉的關係……

「不好意思，妹妹很關心我缺乏魔法天分……所以平常就有點神經質。」

——在我只顧著焦急，不曉得該怎麼做的時候，哥哥成為我的擋箭牌。

「這樣啊。哎呀，真是一位好妹妹。」

「謝謝您。妹妹是我的驕傲。」

「哈哈，真羨慕你們感情這麼好。」

這句話聽在我耳裡，只是強烈的諷刺。

不過，哥哥大概沒那個意思。

只是因為我在傷腦筋，所以助我脫困。

我自認個性沒有彆扭到不懂這種事。

可是，他為什麼像這樣關心我？

明明即使我不曉得如何回應，也和守護者的職責無關。

明明哥哥維護四葉的祕密主義，也沒有任何利益可言。

明明只有我會受到責罵。

為什麼他願意袒護我，如同我們是普通的兄妹，如同哥哥在保護妹妹呢……？

【10】西元二〇九五年十一月六日／四葉本家會客室

「話說回來，四葉的祕密主義比傳聞還誇張。」

風間和達也交談時，毫無脈絡地唐突輕聲這麼說，引起深雪注意。

「您知道？」

「妳以為本官是何許人也？」

達也露出苦笑而微微行禮，向風間表達歉意。

「本官直到受邀入內才知道……即使不比最前線的野戰醫院，死亡氣息洋溢到如此濃烈的地方，可沒那麼常見。」

風間直言不諱的評價，使得深雪不禁蹙眉。

妹妹的表情應該是下意識地如此變化，達也認為在所難免。

「因為這裡是惡名昭彰的『第四研』遺址。」

「死（四）之魔法技能師開發第四研究所嗎……光看地面建築物實在看不出來。」

在現代魔法蓬勃發展的時期，日本和各個先進國家一樣，設立開發魔法師的研究機構。從第一到第十的研究所之中，至今還在運作的只有一半。另一半隨著魔法師取回人權，因為研究內容不人道而接連封鎖。

其中，傳聞無視於人道與人命進行研究的魔法師開發第四研究所，通稱「第四研」。

第四研由於研究內容特別需要保密，甚至無人知道座落地點，只對外宣布已經封鎖。

前第四研的中樞，位於四葉本家這座宅邸的地底。

第四研開發的魔法師，正是唯一冠上「四」這個數字的四葉。

姓氏有「四」的魔法師，除了四葉還有「四方」、「四方堂」、「四月一日」等為人所知，但他們和十師族或師補十八家無關。和第四研無緣的他們，只是湊巧姓氏有「四」的數字，只有四葉是源自第四研的魔法師。

「因為研究設施都在地底的關係。不只是這座宅邸，這座村子的住宅，全都是第四研的研究設施所偽裝。」

「似乎如此。本官在三年前首度得知時也很驚訝。」

「總之，地面設施至今也會用來測驗魔法師的性能，而這座宅邸的武道場，使用的頻率特別高……少校聞到的屍臭，在下推測應該來自淘汰魔法師的屍體。」

「四葉的守護者就是這樣，正如字面所述和死神相鄰而接受鍛鍊啊。原來如此，難怪剛從軍鍛鍊不久的士兵，敵不過四葉家的孩子。」

深雪首度得知這件事的時候，真的以雙手摀住耳朵。
如今，她可以正面接受這個事實。
但即使是現在，錐心之痛也未曾消失。
她無法習慣這種痛楚。
深雪也希望，習慣這種痛楚的日子永遠不會來臨。

【11】西元二〇九二年八月六日／沖繩恩納空軍基地

我們開始參觀沒多久，攀繩訓練就結束了。

攀繩結束之後是對打訓練。對格鬥技有興趣的人或許會躍躍欲試，但我連空手道與拳法都不會分辨，老實說，我馬上就覺得無聊了。

光是這樣旁觀，也無法確認哥哥的實力。

不然我先告退吧……不對，不可以。畢竟哥哥不可能離開我身邊，而且這樣的話，造訪這裡將毫無意義。這樣實在失禮過度。至少能看見那個人對打的樣子該有多好……

我內心的這個想法，應該不可能被看透。

「司波，光是旁觀很無聊吧？要不要加入對打？」

不過風間上尉如此邀請。那個人朝我一瞥。

「說得也是。機會難得，麻煩您了。」

剛才……他完全看出我正覺得無聊？

血氣一股腦兒往上衝。

壞心眼、壞心眼、壞心眼、壞心眼！

為什麼盡是只察覺這種不用察覺的事？

——那個人甚至沒發出一聲失笑。我的理性告誡我，我這樣只是幼稚地亂發脾氣。

但我的感性繼續批判著那個人。

哥……哥哥最好被打得落花流水！

明明只是在內心大喊，但我無法消除對「哥哥」這個稱呼的突兀感。

就像是在暗示我，其實不應該以這麼隨便的語氣稱呼那個人。

究竟是……？

我越來越摸不透自己的心了。

被找來擔任哥哥對手的，是看起來二十五到三十五歲左右，身材中等的中士。

「司波，別客氣。渡久地中士是實力派，學生時代曾晉級國民體育大賽的拳擊賽。」

也就是說，即使除去魔法，他也是全國等級的實力派？

不是踏步，而是以滑步緩緩拉近距離的動作，感覺比起拳擊賽更像空手道比賽，難道沖繩的

我因為這種外行人想法而分神時，這場對打乾脆地落幕。

意識忽地出現空檔。哥哥在這一瞬間流暢拉近間距，伸出右手。

這是我從結果導出的想像。

我實際看在眼裡的，是哥哥不知何時鑽進渡久地中士跟前，右手打中心窩的光景。

中士無聲地癱軟跪倒，好不容易以膝蓋撐住，免於完全倒地。

「渡久地！」

旁觀的軍人連忙跑過去，開始為冒冷汗的中士急救（應該是急救）。

哥哥回到最初的位置，簡單行禮致意。

這副模樣，與其說是對打倒的對手表達敬意，更像是在誇耀自己的勝利。

「這真是不得了……」

風間上尉在我身旁佩服地低語。真田中尉則是睜大雙眼，啞口無言。

「南風原下士！」

「是！」

上尉一聲令下，年約二十五歲的軍人英勇向前。

他比剛才那位中士瘦，卻完全沒有文弱氣息，他給人的印象如同以火焰、鎚子、水與磨刀石除去雜質、去蕪存菁，是把精心鍛造過的利刃。考量到上尉指名由他上場，實力應該比剛才那位中士優秀。

「別手下留情，全力以赴！」

「是！」

南風原下士在回答的同時，朝哥哥進攻。

這太亂來了！

十三歲的少年，不可能敵得過認真從正面進攻的老練軍人！

「住手！」這兩個字，我差點脫口而出。

不過，並沒有真正化為言語。

各處傳來感嘆的聲音。

那個人有驚無險地閃躲下士的猛攻。

連續施展的拳打腳踢快到眼花撩亂，他以更快的速度閃躲。

不是千鈞一髮，是從容應付。

「他是實戰型。這種拿捏間距的方式，是考量到對方可能使用暗器。」

「沒錯。」

上尉與中尉的對話，我連一半都聽不懂，但連我這個外行人也看得出來，哥哥在這場對打略

因為，下士的表情沒有任何從容。

即使不斷進攻，卻在焦急。

啊！

那個人反擊了。

不過，下士也令人佩服。

這次是哥哥的拳頭往右、往左、往右、往左被架開到外側，下士趁門戶大開時反擊！

我不由得差點閉上眼睛，但內心某處冷靜地對我低語，告訴我「沒那個必要」。

這個聲音對我說，那個人不可能因為這種程度就敗北。

下士的右手，看似抓住哥哥。

這一瞬間，哥哥的身體鑽過下士身旁。

那個人的右手，抓住南風原下士右手肘上方的衣袖。

哥哥的身體以被下士拉住的形式停止移動。南風原下士的身體旋轉，朝哥哥露出側腹。

哥哥無聲無息地往前踏，右手肘命中該處。

下士發出呻吟聲，踉蹌兩三步。

上尉於此時高喊「到此為止！」作為結束的訊號。

接受治療的南風原下士和那個人握手，兩人周圍出現人牆。

眾人粗魯地讚賞時，上尉撥開人群向前。

我跟著上尉，穿過人牆開出的縫隙。

「連南風原下士也打贏，了不起。他是本隊首屈一指的實力派。」

這句話是真田中尉說的。

「沒想到你的實力到這種程度。你受過什麼特殊訓練嗎？」

風間上尉以品頭論足般的目光看著哥哥。

「不，沒受過任何特殊訓練。真要說的話，家母的老家有道場，我在那裡習武。」

「喔……」

上尉看起來並非完全接受，卻露出「總之不再追究」的表情點頭回應。

「不過這樣下去，恩納空降部隊將會丟盡面子……可以請你再打一場嗎？」

上尉不再追究，卻取而代之地提出相當任性的提議。明明是上尉邀請哥哥加入對打，卻在部下敗給哥哥之後，說這樣「丟盡面子」。

我們究竟有什麼理由，非得配合他這種任性的說法？

我打算婉拒風間上尉的要求。

哥哥是我的護衛，就算由我拒絕應該也沒問題。我如此心想。

「請讓在下上場！」

但是遲了一步。

似曾相識的聲音響起，蓋過我的聲音。是最近才聽過的聲音。

「檜垣上兵——如果你想報復，本官不會答應。」

「不是報復，是雪恥！」

哪裡不同？一樣吧！

剛才感覺他不是壞人，應該是我的誤解。

「嗯……司波，他自己都這麼說了，可以請你陪他打一場嗎？檜垣上兵很年輕，卻是不輸南風原的高手。」

這種不講理的要求應該拒絕才對。畢竟對我們沒有任何好處。

「容我討教。」

那個人無視於我的想法，接受上尉的要求。

檜垣上兵放低重心、高舉雙手到眼前，像是窺視般和那個人對峙。

即使他放低姿勢，視線位置依然比哥哥高。

熊即將襲擊少年——這幅構圖令我如此聯想。

光是旁觀就彷彿要被壓力壓垮。

但是，那個人面對描繪弧度，忽左忽右地緩緩移動、伺機進攻的對手，只有以右腳為軸心，滑動左腳改變身體方向，看起來面無表情。

令人不敢呼吸的緊張感，並未持續太久。

檜垣上兵的身體看起來像是膨脹了一圈。

下一瞬間，上兵的魁梧身軀化成一顆砲彈襲擊哥哥。

好快……！

哥哥大幅往後跳，躲開這記突擊，但還是失去了平衡。

上兵間不容髮地再度襲擊。

那個人主動在地上翻滾，勉強躲過擒抱，拉開了距離。

檜垣上兵的速度令我嚇破膽。但我好歹是十師族——四葉的下任當家候選人，沒有柔弱到因為驚訝就無暇顧及他處。

「居然使用魔法，這樣太卑鄙了！」

我逼問風間上尉。

連我也看不見檜垣上兵開啟ＣＡＤ的動作。他偽裝得相當高明。但我並未連他使用魔法的事實都看漏。

上兵剛才的速度，是以自我加速魔法推動的！

風間上尉聽到我的抗議，只有微微轉過頭來。

這個問題的答覆，來自上尉依然以一半目光注視的方向。

「深雪，別這樣！」

哥哥這句話，令我受到雙重打擊。

哥哥他……對我下令。

哥哥他……叫我「深雪」。

「打從一開始，就沒有規定對打不能使用魔法。」

哥哥如此斷言。

即使沒對我使用敬語、即使直接叫我深雪、即使是依照母親吩咐的結果，哥哥依然是以他的意志規勸我。

哥哥以自己的意志，斥責我的天真想法。

對此，我並未感受到憤怒或反抗，相對的，這使我的內心深處產生了一種像是麻痺、像是作痛的奇妙感觸。

「檜垣，繃緊神經上！」

我再也說不出話，旁邊的風間上尉出言激勵上兵。

我後知後覺般察覺了。

哥哥周圍的空氣變色。

感覺燈光似乎變得有點暗。

這當然是錯覺。

哥哥釋放出一股壓力，令看見的人出現視野狹隘的症狀。

哥哥改變架式了。

他將右手掌朝著對方，筆直伸出右手。

左手舉起，扶住右手肘內側。

這是哥哥使用無系統魔法的架式……？

檜垣上兵的全身肌肉再度膨脹。

如同這次必定要逮到哥哥的雙腳般，往前衝刺。

就在這時候，哥哥的右手噴出想子洪流。

想子波動穿過檜垣上兵的身體，使他的突擊速度驟降。

果然……！是術式解體！

肆虐全場的想子粒子風暴，強行摧毀對身體產生作用的自我加速魔法式，同時撼動心理與身體的連結。越是擅長以心理直接操縱身體更勝於以神經電流訊號操縱身體的人，被不屬於自己的外來想子命中時，會受到更大的打擊。

檜垣上兵如同忘記了擒抱的方法一樣。

哥哥張開雙手，從上方像是撫摸般，打向上兵毫無防備地逼進而來的身體。

上兵魁梧的身軀迴轉一圈，如同開玩笑般震飛。

哥哥走到躺成大字形看著天花板的檜垣上兵身旁。

檜垣上兵只有大口喘氣，沒有起身的意思。

哥哥面無表情地伸出右手。

檜垣上兵猶豫片刻之後，咧嘴一笑而抓住他的手。

哥哥用力將檜垣上兵拉起來。

難道是陷阱？

不過，這是我多心了。

由於雙方的體重差距，哥哥還是踩穩了腳步。檜垣上兵沒將哥哥拖回比賽場地，而是借哥哥的手起身。

「——我輸了，完全敗北。我現在非常清楚，前天不是因為我粗心大意。」

檜垣上兵並不是大聲說話，我卻不知為何聽得很清楚。

「容我再度自我介紹。我是隸屬於國防空軍沖繩先島防空隊——恩納空降部隊的上兵檜垣喬瑟夫。可以請教你的大名嗎？」

「司波達也。」

「ＯＫ，達也。叫我喬就好。你還會在沖繩待一陣子吧？無聊的話來找我。別看我這樣，我在這附近人面很廣。」

「喬，到此為止。現在還在訓練。」

風間上尉笑著出聲，於是檜垣上兵就像觸電般地立正站好。

喔……是以暱稱來稱呼的部下啊。看來很受到信賴……？

他給人的印象不斷改變，難以掌握他是什麼樣的人。

不過，他不是會深入來往的對象。不只如此，今後恐怕再也不會見面。所以真要說的話，他是什麼樣的人完全無所謂。

「抱歉，剛才提出無理的要求。多虧你的協助，部下的心結似乎也解開了。方便到那裡陪同

喝杯茶嗎？不介意的話，本官也想請教剛才的『發勁』。」

他說的「發勁」，應該是指哥哥的無系統魔法。

我更加認為不能對上尉輕忽大意，但是依照這個局勢演變，很難拒絕他的邀約。

「所以，那股想子波動果然是術式解體？」

「不只如此吧？似乎也包含大陸流派的古式魔法『點斷』的效果。」

剛才說喝茶，端上桌的卻是咖啡。

這邊是哥哥與我。

那邊是風間上尉與真田中尉。

合計四人的咖啡小憩。

總覺得好奇妙。

風間上尉交談的對象是哥哥。

真田中尉交談的對象是哥哥。

兩人只把我當成那個人的妹妹，偶爾像是忽然想到般希望我附和。

在這裡，哥哥是主角，我則是附屬品。

「——就本官所見，司波似乎沒帶ＣＡＤ在身上。」

他們稱呼的「司波」是哥哥，我是「司波的妹妹」。
「你使用什麼樣的輔助器具呢？」
這是我第一次的經驗。
但很不可思議的，並不會讓我不悅。
「我會用特化型ＣＡＤ，但遲遲找不到順手的機種……我不擅長分別施展各種使用ＣＡＤ驅動的魔法。」
「喔，這樣啊。但你那麼熟練地操作想子，應該也能輕易使用ＣＡＤ才對。」
話題從哥哥使用的無系統魔法，轉為哥哥的ＣＡＤ。
「司波，不介意的話，要不要試試我開發的ＣＡＤ？」
「真田中尉有在製作ＣＡＤ？」
「我的工作是研發包含ＣＡＤ的各種魔法裝備。我有個特化型ＣＡＤ的試作品，是將儲存裝置設計為卡匣形式。」
我覺得哥哥的眼神似乎閃閃發亮。相較於一般人，他的表現方式相當低調，但他應該很難得如此清楚地表達好奇心。
至少，我幾乎沒有這方面的記憶。
「我想試試。」

哥哥如此清楚表達自己的願望，我應該也是第一次看見。

我們被帶到不像在基地內部的整潔研究室。

我一直認定軍事基地髒亂、空蕩又煞風景，所以這時候的我，肯定沒有完全隱藏意外感吧。風間上尉與真田中尉朝我會心一笑，我覺得一定是這個原因。

哥哥像是很佩服或是很感動般地環視室內。

感覺這個人在今天一直讓我看見意外之處。

我還以為他對任何事物都不抱關心與情感，原來他還是具備情感及好奇心啊……

——那麼，他對我抱持何種想法？

我的內心不經意地浮現了這個疑問。

答案則是自動交織了出來。

我拚命克制自己差點要顫抖的身體。

「……深雪，妳不舒服嗎？」

差點顫抖的身體，聽到哥哥的聲音就忽然靜止。不只身體，連心臟都差點靜止。哥哥以「深雪」這個名字叫我的瞬間，我誤以為他是要回答我的疑問。我以為哥哥會冰冷地肯定我內心所得出的答案。

不過，哥哥的聲音一點都不冰冷——「不知為何」充滿關懷。

「——不，沒那麼誇張。可能只是有點累了，只要坐下應該就不要緊。我方便借用那張椅子坐一下嗎？」

我向上尉知會之後，借坐牆邊的椅子。

得以離開哥哥身旁，我稍微鬆了口氣。

哥哥拿起大型手槍造型ＣＡＤ，接受真田中尉的說明。

我看著哥哥，剛才的疑惑再度從腦海浮現、膨脹，沉重地壓在我內心。

無論再怎麼撥除，都無法從意識中消除。

哥哥對我抱持何種想法……？

愛我？我沒這種自信。

喜歡我？不可能。

恨我？或許吧。

要是沒有我，只要沒有我，哥哥就能夠以優秀的學生、一流的運動健將的身分，成為立刻就能獨當一面的軍方魔法師活下去。

就算這樣，要是現在從哥哥的身上移開目光，就像是放開哥哥的手，就像是哥哥會甩掉我的手，令我更加害怕。

「——這把武裝演算裝置，儲存加速系與移動系的複合術式，使用七．六二毫米子彈，最大射程可以達到十六公里——」

「——真厲害。不過從實際用途來看——」

哥哥拿著大型步槍造型ＣＡＤ愉快交談的聲音，斷斷續續傳入我耳中。

位於相同房間的我，無法閉上眼或摀住耳朵，默默承受著纏在身邊揮之不去的陰霾。

希望這段時光儘早結束——我心中如此祈禱。

並且拚命裝出撲克臉，以免他人發現我任性的這一面。

[12]西元二〇九五年十一月六日／四葉本家會客室

敲門聲使得深雪回神。

「四葉的守護者絕對不特別。在下的自負心態，後來也立刻被柳先生親手重挫，而且在下至今依然贏不了師父。」

達也與風間正在聊深雪記得的往事後續。

「但本官認為你打從一開始就沒有在自負。何況本官同樣還沒贏過師父。」

看來，深雪分神的時間沒有很久。

不過，深雪覺得自己回憶起好多往事。

再度響起敲門聲。這次比剛才響亮一點。

深雪准許入內之後，一名年輕管家隨著「打擾了」的聲音進入。

與其說年輕，應該說他還是少年。看起來年紀和達也相近。

即使如此，卻絲毫沒有展現不耐煩的樣子，或許該稱讚不愧是訓練有素。

「非常抱歉。」

少年忽然開始道歉。

「上一位客人的事情處理得有點久……夫人要屬下轉告，請再等候一段時間。」

管家所說的「夫人」是四葉真夜。

她未曾結婚，所以「夫人」這種稱呼方式，原本並不正確，但無論是風間、深雪或達也，都沒興趣對這種慣稱斤斤計較。若要順帶一提，管家看似恭敬其實擺架子的遣辭用句，他們也並沒有逐一在意。

「本官不介意。」

深雪與達也以目光詢問風間，於是他朝少年如此回應。

「謝謝您。」

少年沒有確認達也他們的意願。

暫且不提達也，之所以沒有詢問深雪是否方便，應該是因為她是家中的一分子——至少四葉家這麼認為吧。

這點並沒有錯。

達也絲毫不認為自己是四葉家的人，但深雪可不能如此。

她即使抗拒「司波龍郎的長女」這個身分，也無法抗拒「司波深夜的女兒」的身分。

因此，她也無法否定自己是四葉真夜的外甥女。

[13] 西元二〇九二年八月八日／沖繩別墅

從第一天就風波不斷的沖繩假期，也在昨天恢復平穩。今天到目前也是風平浪靜。

雖然暑假無聊也是個問題，但如果假期還得勞心處理麻煩事，更令人敬而遠之。

我們抵達沖繩的第四天，終於可以盡情享受南國假期。

不過，哥哥是否包括在「我們」之中，則是個大問號。

現在時間是下午一點。我正在房間看書代替午睡。櫻井小姐找來一本罕見的紙本魔法書，我在書桌攤開書本，心不在焉地閱讀。

——心不在焉也無妨。反正我無法完全看懂。

刻意製作成紙本書的魔法說明書，盡是高度專業的內容，連魔法科高中生都難以看懂，如果國一的我自認看一次就懂，那也太看得起自己了。

不過，那個人或許看得懂就是了。

那個人——哥哥應該正在將ＣＡＤ連接在搬進自己房間的工作站，專注敲著鍵盤。

用來連接的ＣＡＤ，是前天一位姓真田的中尉送他的兩把手槍。

明明剛開始應該只是「借」，不知何時卻變成用「送」的了。我很想質問國防軍這麼做是否沒問題……但我並不是無法理解他們想「先行投資」的念頭。不過很可惜，這筆投資一定會血本無歸。因為那個人是我的「守護者」，不可能從軍。

沒理由拒絕贈禮，但終究是試作品。應該只算是當成伴手禮，送給有前途的參觀者。

不過，那個人似乎很喜歡這份伴手禮。

包括前天、昨天與今天，他只要有空就在把玩CAD的系統——他至今明明沒展現過相關技術，卻居然會調校CAD。他也因此無暇休息吧。

這樣不膩嗎？

玩CAD這麼有趣？

不過，雖說是調校，反正也只有更換開關功能的程度吧……

回過神來，我站在那個人的房門前面。

呃，我是來做什麼的呢？

我想做什麼？

我無視困惑的心，為了敲門而舉起右手。

又順從困惑的心，在要敲門時停止右手。

總覺得自己是在沒有觀眾的舞臺演戲的小丑。而且是三流小丑。

我嘆了口氣，放下手。

原本打算就這麼轉身離去，但是有些太遲了。

外開的門，發出喀嚓的聲音輕輕開啟。

這是考量到外面有人的開門方式，託福我不用上演門板撞到鼻頭的老套短劇，但我沒有餘力裝作若無其事般逃走。

「請問有什麼吩咐？」

哥哥一副像是知道我站在門外的表情（其實他應該知道），一看見我就如此詢問。

「啊……那個……呃……」

「請說。」

我變得結結巴巴，哥哥耐心等待我回應。以感覺不到正在等待的撲克臉注視著我。

哥哥冷靜的眼神，使我越發困惑。

「那個……方便打擾嗎？」

這樣下去會陷入恐慌。我受到這股危機感的驅使，憑著一股氣勢在陷入恐慌之前說出口。雖然說完立刻心想「進去之後要做什麼？」但事到如今想這種事也沒用。

我這時大概滿臉通紅。臉紅的我像是瞪人般（其實我沒有瞪他的意思）注視，使得那個人到底有些驚訝，卻沒有進一步亂了分寸，而是按著門邀我入內。

房內還是一樣簡樸，應該說空無一物。

空蕩蕩的室內，靜靜運作中的工作站，高聲主張自己的存在感。

「所以，請問有什麼事？」

我無法回答哥哥的詢問。

這時候的我，注意力集中在以裸露的管線連接工作站的半分解ＣＡＤ，以及塞滿螢幕的方程式與英文字串。

這一幕，簡直像是ＣＡＤ的研發實驗室一樣……

老實說，我簡直嚇破膽。

不過，哥哥接下來這句話，迅速拉回我的意識。

「大小姐？」

「請不要叫我大小姐！」

我出言怒罵，哥哥嚇得愣住。

這個人啞口無言的樣子真的很罕見，但我覺得在所難免。

何況我自己也嚇一跳。

因為……

我剛才的聲音，宛如慘叫一般。

如同隨時會哭出來的聲音。

「啊……」

「…………」

「那個，唔……對！如果不從平常開始習慣，可能在意想不到的時候說溜嘴吧？」

哥哥的表情從「驚愕」變成「懷疑」。

他懷疑我是否正常的疑惑眼神，使我差點受挫。但我絞盡力氣，堅持這個笨拙藉口。

「所以請叫我深……深雪！」

不過，我至此達到極限。

我抱持終於說出口的想法，只說出這句話之後，用力閉上雙眼。

如同害怕被罵的幼童，閉上雙眼、緊握雙手低下頭。

不曉得在害怕什麼，真的就像是幼童無條件地害怕家長的懲罰。

「……我知道了，深雪。這樣就好嗎？」

哥哥的回應好溫柔。

不是一如往常如同大人的拘謹語氣，是朋友交談般的和善說法。
這應該是哥哥和我以外的同學，或學弟妹交談時的用語及語氣。
哥哥溫柔地對我說話，並且以溫柔眼神注視我。
「……這樣就好。」
我這次真的好想哭。
光是忍住淚水就沒有餘力。
「不好意思，我要回房間。」
我知道忍不了太久，因此從哥哥面前逃離。
逃進自己的房間，整張臉按在枕頭上。
因為我明白了。
連那份溫柔都只是作戲罷了。
即使是平凡的兄妹之間，哥哥理所當然地會對妹妹所說的簡短話語，都是經過冰冷計算輸出後的結果。
我無須理由就明白了。
因為我是那個人的妹妹。
我憎恨著只有這種時候相通的兄妹聯繫，壓抑著聲音哭泣。

[14] 西元二〇九二年八月十一日/沖繩別墅~空軍基地

接下來這兩天，是一如往常的日子。

那個人一如往常地跟在我身後，我總是對那個人頤指氣使。

我曾經想對哥哥好一點——不對，現在也這麼想。

因為我覺得，要是我能對哥哥好一點，就可以改變某些東西。

不過，我只有因而體認到，長年養成的習慣難以矯正。

昨天以及前天，我依然任性地對那個人頤指氣使。兩週的假期還有七天。接下來這七天，我應該也同樣會如此對待那個人吧。這樣的我好丟臉。

……明明直到一週前，都不會在意這種事。

我究竟怎麼了？

我不懂自己的心，不懂自己期望什麼。

想到今天也得抱持這種煩悶的心情度過，我就有點憂鬱。

不過，幸好——用這兩個字過於輕率，但我似乎不用煩惱這種事了。

無暇煩惱這種事。

剛好在用完早餐時，所有情報機器發出了緊急警報。

警報是由國防軍發布。

換句話說，是外國的攻擊。

我緊盯著電視畫面。

『由西方海域入侵。』

『未發出宣戰布告。』

『以飛彈潛艦為主力的潛艦部隊無預警襲擊。』

『現正以半上浮狀態攻擊慶良間諸島。』

陌生的字詞排列成為情報洪水，使我差點就陷入恐慌。但「飛彈潛艦」這個名詞引起我的注意。前幾天出海時遭遇潛艦攻擊，難道就是前兆？

「屬下和真夜大人聯絡，請她給個方便！」

櫻井小姐以難掩焦急的語氣提議。

「嗯，麻煩妳了。」

母親回應的聲音，也同樣有些緊張。

我覺得在所難免。

因為，我們沒料到毫無前兆就會受到戰爭波及。

電視主播從剛才就不斷要求觀眾冷靜地行動，但主播自己就慌張到令人同情的地步。

那當然。在這種狀況，要求別慌張才奇怪。

我之所以還沒真正陷入恐慌，只是因為沒有真實感。雖然像是置身事外，但我覺得自己藉由某種逃避現實的態度保住自我。

不過……這個人呢？

哥哥默默地以小型終端裝置，閱讀比電視更詳細的數位資訊情報。這樣的他彷彿將慌亂、緊張或焦慮等人類的情感遺忘在某處了。

他沉著深思的樣子，即使有人說他是精密的機器人，我似乎也會相信。

哥哥或許和我一樣，沒有實際面臨戰爭的感覺？

還是說，他真的沒有任何感覺？

哥哥在我的注視之下，露出詫異的表情。

怎麼回事？我抱持這個疑問注視，於是哥哥從夏季外套的懷裡取出通訊終端裝置。

「是，我是司波……不，我才要感謝您幾天前的關照……到基地？」

我從哥哥的回應，推測對方是前幾天那位國防軍上尉。

不過，基地應該完全處於戰爭狀態才對。上尉究竟有什麼事？

「感謝您的提議，可是……不……好的，我請示家母看看……好的，晚點聯絡。」

結束通訊時，看著哥哥的人不只是我。

坐在沙發上的母親轉頭看著哥哥。他起身朝母親行禮致意。

「夫人。」

那個人如此稱呼親生母親。

明明是非常時期，我卻感受到揪心的痛楚。

這是在之前——在一週前沒感受到的痛楚。

「恩納空軍基地的風間上尉提議，邀請我們進入基地的避難所避難。」

「咦？」

我不禁發出聲音，反射性地掩嘴。

明明只見過兩次面，實際上只算是見過一次面，為什麼……？

接連發生意外狀況，我的情緒即將進入飽和狀態，但驚訝的事情不只如此。

「夫人。」

櫻井小姐朝母親遞出無線語音通訊元件的「話筒」。

「真夜大人打電話過來。」

這次我連「咦」的聲音都發不出來。

姨母打電話過來？

打給母親？

母親與姨母是雙胞胎姊妹，即使打電話過來，表面上也沒什麼好奇怪……不過母親與姨母交惡，在四葉內部是公開的祕密。

不到相互仇視的程度，卻維持一種冷戰狀態。

所以，母親剛才也沒主動聯絡……

我基於另一種意義而緊張。眼前的母親像是嫌麻煩般，將話筒抵在耳際。

「喂，真夜？……對，是我……這樣啊，原來是妳安排的……不過，這樣不會反而更危險嗎？……也對……我知道了，謝謝。」

母親講完電話，將話筒遞給櫻井小姐。

「夫人，真夜大人怎麼說？」

櫻井小姐接過話筒，提出理所當然的問題。

「她和國防軍協調，會收留我們進入避難所。」

「那麼，達也剛才接的電話……」

「就是這麼回事吧。」

「但是，這樣不會反而更危險嗎？」

「我也這麼問過。」

……為什麼？相較於民間避難所，軍方避難所不是更加堅固安全嗎？

「明明不是處於明確敵對狀態卻忽然偷襲，無法期待這種對手會照規矩來。」

「這……或許吧……」

我看到母親、櫻井小姐與哥哥的表情就發現，似乎只有我不明白原因。就算這麼說，我也不想請他們詳細說明……這個疑問暫時放在一旁吧。

「雖然只是舉手之勞，但真夜畢竟費心幫忙安排，就照她的話去做吧。達也。」

「是。」

哥哥即使至今一直站在旁邊無人理會，依然第一時間做出反應……既然他自己沒露出不服氣的表情，我鐵定也不該在意。

「通知上尉，我們接受邀請，並且請他派人迎接。」

「遵命。」

即使看起來像是把所有麻煩事扔給哥哥，也一定是我想太多吧。

其實我早已預料到了。

從基地前來迎接的軍人，是那位檜垣喬瑟夫上兵。

「達也，久等了！」

「喬，感謝您專程過來。」

「別講得這麼見外。」

檜垣上兵臉上，完全是對好友露出的笑容。

哥哥多少有點顧慮，卻依然露出交情十分融洽的表情。

無論怎麼看，哥哥對這位剛認識的上兵的態度，都比我們家人親切。

母親之所以蹙眉，肯定是哥哥粗魯的態度惹她不高興。

總不會是因為哥哥對待他人的態度，比對待親人還要融洽而生氣吧？

檜垣上兵不曉得是察覺母親的不悅表情，或是察覺櫻井小姐不耐煩的樣子，他暫時收起裝熟的態度，以軍人風格的拘謹動作向我們敬禮。

「在下遵照風間上尉的命令，前來迎接各位！」

「辛苦了，麻煩帶路。」

「是！」

上兵以響亮到不必要的聲音說明來意，櫻井小姐有些不敢領教般回應。

檜垣上兵完全沒在意這件事。

……老實說，我希望他稍微在意。但我也明白，現在最重要的是請他帶我們去基地。

道路滿是避難的市民，動彈不得的車子狂按喇叭，加上人們的怒罵聲，形成混沌的漩渦——這樣的光景並未出現。

全島悄然，只有深色軍用車輛來往於馬路。

與其說是處於敵襲警報狀態，感覺更像是發布戒嚴的氣氛——雖然這麼說，但我只從紀錄片看過這兩種狀況，所以不曉得實際上是如何。

搭乘國防軍交通車的我們，一路上沒有被攔下來臨檢，也沒有暴露在敵方的攻擊之下，平安抵達基地。

即使是開戰至今一小時，依然沒查出敵方國籍的完全奇襲，海軍與空軍似乎也成功地在海上抵擋住敵軍。

不過，除了相信國防軍發布的情報，我們無從得知本島以外的狀況。

到基地避難的民眾不只我們，令我感到意外。

即使不到百人，看起來也有近百人逃進這裡。

這個房間除了我們，還有五位民眾等待軍方安排進入地底防空洞。

雖然是多管閒事，但當前敵人來襲，帶這麼多無關又沒用的人進入基地沒問題嗎？

說不定，我們也——我也非得上戰場。

不能只依賴櫻井小姐。母親身體依然欠佳，光是坐在沙發也不太舒服，必須請櫻井小姐保護這樣的母親。

我直到今天為止都沒有堪稱是實戰的經驗，不過我的戰鬥魔法技能得到認同，保證不輸給成年的魔法師。

對此打包票的是櫻井小姐，所以可信度應該夠高。

即使如此，也不足以協助我消除不安。我悄悄看向身旁。

哥哥坐在旁邊的椅子上。

他平常總是站在我後方或斜後方，這次卻低調地坐在我身旁。

哥哥懷裡藏著兩把隨時能使用的手槍造型ＣＡＤ。

這個人理應也沒有堪稱「實戰」的經驗，卻和我不同，有過好幾次互相廝殺的經驗。殺人的次數，不只五次或十次。

我未曾親眼確認那種場面，但對我說這種謊沒有好處，所以肯定是真相。

哥哥沉著冷靜，如同證實他具備這種經驗。

沒有胡亂移動目光，也沒有心神不寧地搖晃身體。

看著哥哥，就覺得不安的心情稍微平復。

再看一次吧……我抱持這個念頭，悄悄看向哥哥側臉。

不知為何，我們四目相對了。

咦？咦？什麼？為什麼？

「深雪，放心吧。」

……！

那個人依照三天前的約定，稱呼我「深雪」。

不是當時那種假裝溫柔的聲音，是音量很小卻相當溫柔的聲音。

「有我陪著妳。」

……這樣……太犯規了……！

我不曉得該露出什麼表情。

不曉得自己現在是什麼表情。

不對！這是吊橋效應！鬼屋效應！是斯德哥爾摩症候群……這個似乎不太對，不過總之是鬼

偏偏在這種時候，對親妹妹說這種像是泡妞的話語，太輕率了！

而且他本人完全沒那個意思，更令我火大！

我瞪向哥哥。

哥哥隨即忽然起身。

咦？我的表情這麼恐怖？

——事態正急遽演變，不接受我這種和平的搞笑。我立刻體認到這一點。

忽然起身的不只是哥哥。

片刻之後，櫻井小姐也撞開椅子起身。

和我們同房的陌生人們嚇了一跳，有點戰戰兢兢地注視那個人與櫻井小姐。

「達也，這是……」

「櫻井小姐也聽見了？」

「所以，果然是槍聲……！」

「而且不是手槍，是全自動槍枝。恐怕是衝鋒步槍。」

……咦？也就是說，敵人打進來了？

為什麼？

這裡不是國防軍的基地嗎？

「知道狀況嗎？」

「不，從這裡沒辦法……這個房間的牆壁，似乎有妨礙魔法的效果。」

「也對……看來似乎設有古式的結界術式。不只這個房間，整棟建築物好像都被妨礙魔法偵測的術式覆蓋著。」

「但如果是在室內使用魔法，似乎不成問題。」

櫻井小姐同意哥哥這番話。

明明我都不知道……

「喂，你……你們是魔法師？」

忽然間，坐在不遠處的男性，向哥哥與櫻井小姐搭話。他身穿剪裁合身的衣物，是看起來具備社會地位的壯年男性。和他坐在一起的大概是家人。

「是的，怎麼了？」

忽然被搭話的櫻井小姐，以隱含疑惑的聲音回應。這位男性隨即以傲慢的態度（但大部分應該是虛張聲勢）說下去。

「既然這樣，去看看發生什麼事吧。」

……這是怎樣？

簡直像是命令傭人的語氣。

感覺好差……！

「……但我們並非基地相關人員。」

櫻井小姐也以不高興的語氣回話。

如果有必要，櫻井小姐想裝成多麼和善應當都沒問題，但是對方和我們毫無血緣或交情，而且也沒有利害關係，櫻井小姐大概認為沒道義那麼做吧。

然而，櫻井小姐理所當然的主張，對這名男性行不通。

「那又怎樣？你們是魔法師吧？」

「就說了，我們……」

這名男性完全不把櫻井小姐的話語聽進去。

「既然這樣，理所當然有義務為人類效力吧？」

……！

沒想到這個時代，居然還有人面不改色就說出這種話……

而且是當著魔法師的面……！

「您此話當真？」

櫻井小姐的聲音也蘊含殺氣，眼神應該也變得更加凶狠。

這名男性終究似乎也嚇到的樣子，發言卻依然傲慢。

「到……到頭來，魔法師是為了服務人類而打造出來的『東西』吧？既然這樣，和是否從軍應該無關。」

我憤怒、震驚過度，說不出話語。

這名男性剛才這番話，是絕對不能說的話語。

不過這無疑是真相的一角，許多不是魔法師的人們，至今依然這麼認為。

「原來如此，我們或許是被打造出來的存在，不過……」

代替我反駁的，是至今交給櫻井小姐應付這名男性的哥哥。

哥哥的語氣聽起來挖苦，沒有隱藏嘲諷之意，絲毫感受不到憤怒或動搖。

「我們沒義務為你效力。」

「什麼？」

「魔法師是為人類社會的公益與秩序效力，沒有為素昧平生的個人效力的道理。」

為人類社會的公益與秩序效力，是「國際魔法協會憲章」的其中一段，不是魔法師的人也很

熟悉這句話。這名男性當然也知道吧。

「區……區區小孩子居然這麼囂張！」

正因如此，他才會出現這種反應。

這名男性滿臉通紅、頻頻顫抖，朝哥哥怒罵。

我仰望哥哥，他的眼神滿是侮蔑與憐憫。

「真是的……都老大不小了，在小孩子面前這樣不丟臉嗎？」

即使同樣使用「小孩子」這個詞，意義卻完全不同。

這位連姓名都不曉得的男性驚覺不對，轉頭看向家人。

他的家人們仰望著他。

他的孩子們，秉持孩子特有的潔癖個性，以輕蔑的眼神看他。

男性亂了分寸，哥哥在他身後落井下石。

「此外，您似乎有所誤會……這個國家的魔法師，八成以上源自血統交配與潛力開發。即使包含接受局部處理的魔法師在內，以生物學『打造』的魔法師，也不到全體的兩成。」

「達也。」

這時，出面打圓場的人是母親。不過我認為母親恐怕不是基於這個意圖。

她就這麼靠在沙發椅背，以慵懶聲音呼叫哥哥。哥哥從發抖的男性背影移開視線。

「請問有何吩咐？」

「去看看外面的狀況。」

母親一如往常，以聽起來冷淡的語氣，做出直截了當的指示。

但哥哥難得地對此面有難色。

「……但是既然無法掌握現狀，就無法忽略此處遭遇危害的可能性。屬下現在的技能，無法在遠處保護深雪。」

「深雪？」

母親以冰冷聲音打斷哥哥的反駁，就這麼維持冰冷視線，瞇細雙眼。

「達也，認清自己的身分。」

只有語氣溫柔，聲音卻冰冷到令人背脊發抖。是我希望哥哥叫我深雪，但母親溫和卻不容反駁的聲音，使我甚至無法興起為哥哥辯護的念頭。

「——恕屬下失禮。」

哥哥出言道歉，沒有進一步反駁。

「……達也，這裡交給我。」

櫻井小姐從旁插嘴，如同要重整場中窘境。

母親露出失去興趣的表情，從那個人身上移開目光。

「明白了，屬下去看看。」

哥哥向母親的側臉行禮致意，離開房間。

那名男性的家人投以畏懼的眼神，但哥哥與母親連看都不看他們一眼。

室外傳來像是鞭炮爆炸的聲音。

當然不可能是在舉辦慶典之類的活動。

如今，我也清楚聽得見槍聲。

而且，接近過來的不只是槍聲。

數個腳步聲接近這個房間，在門外靜止。

櫻井小姐站在我與母親前面。

她的ＣＡＤ手鐲，已經儲存足以展開啟動式的想子。要像這樣長時間維持隨時能發動的狀態很困難，櫻井小姐的技術實在高明。

我只看得見她的背影，但她應該正在犀利地瞪著門口。

「打擾了！我是空降第二中隊的金城一兵！」

感覺得到維持警戒的櫻井小姐稍微放鬆緊張情緒。我聽到門外的聲音也鬆了口氣。

看來是基地的阿兵哥前來迎接。

打開的門外，是四位年輕的阿兵哥。看起來都是「遺族血統」的第二代，但我不甚在意。這座基地本來就具備這種特性吧。

他們手中握著帶有熱度的機關槍，應該是一邊和敵方交火一邊趕來的吧。

「我們帶各位前往地底防空洞，請跟我們來。」

這番話正如預料，我卻不得不猶豫。要是現在離開這個房間，會和哥哥分散。

「不好意思，我們有一個人去外面觀察狀況了。」

我說出這件事之前，櫻井小姐就告知金城一兵。

這位一兵果然面有難色地蹙眉。

「不過，部分敵人已經深入基地，待在這裡很危險。」

「那麼，請先帶那邊幾位離開吧。」

這也是就某種程度來說正如預料的回應。

但是，母親這段發言完全出乎預料，令我意外。

「我不能扔下兒子自己走。」

我與櫻井小姐默默相視。

仔細想想，這是理所當然的說法，但我實在無法拭去突兀感。

「可是……」

「你叫作金城嗎？她們都那麼說了，就先帶我們過去吧。」

觀察我們動靜的那名男性出言要求，於是四位阿兵哥以嚴肅表情相視，輕聲討論。

「……屬下覺得，達也只要拜託風間上尉，應該不難和我們會合吧？」

櫻井小姐趁機輕聲詢問母親。

「我並不是在擔心達也，那是表面上的說法。」

母親壓低音量如此回應。

我拚命朝著開始顫抖的膝蓋使力。

明明是親生兒子，母親為什麼能對那個人冷淡到這種程度……？

「那麼？」

「是直覺。」

「直覺？」

「對。我直覺認為不該相信這些人。」

櫻井小姐立刻恢復為最高度的緊張狀態。

我也忘記膝蓋的顫抖。

其他人就算了，但這份「直覺」，來自曾以別名「忘川之女王」而受人畏懼的母親。

母親擅長的不是知覺系或預知魔法，是精神干涉的魔法，但是使用「精神」相關魔法的魔法師，經常具備敏銳直覺型的洞察力。甚至有學者提出假設，認為這種魔法師和「阿卡西記錄」密切連結……但也有像我這樣的例外。

四人剛好在這時候討論結束。

「不好意思，還是不能讓各位留在這個房間。關於另一位，我們會負責護送他避難，所以請各位一起走吧。」

遣辭用句和剛才相同。

但我覺得他們的態度變得像在威脅。是因為我先入為主的觀念嗎？

「迪克！」

新登場的人物，促使這一幕急遽演變。

金城一兵忽然朝著說話的人——檜垣上兵開火。

靠走廊的牆壁沒有窗戶，所以看不見是否打中了，但剛才的聲音確實是檜垣上兵，而且金城一兵以機關槍朝聲音的方向開火。

那名男性的家人放聲尖叫。

金城一兵的同伴將槍口指向室內。

櫻井小姐展開啟動式，但腦中有一種像在刮玻璃的「噪音」，妨礙魔法式構築。

這是想子波？演算干擾？

我摀住耳朵看向門口，四人之中，一人戴著黃銅色戒指。

至於這邊，母親按著胸口蹲在地上！

不妙……！

母親的想子感受力天生敏銳過度，加上年輕時過於逞強造成的傷害，使得她最近對想子波的抵抗力大幅衰退。

演算干擾的想子波，甚至對她的身體造成負面影響。

非得阻止演算干擾才行！

「迪克！阿爾！馬克！班！為什麼？」

摀住耳朵的手掌另一邊，傳來檜垣上兵的怒吼聲。

太好了，他沒中彈……

「為什麼背叛軍隊！」

「喬，我才想問，你為什麼要對日本講情義！」

金城一兵在每槍的空檔（原來機關槍也可以單發射擊——我抱持這種一點都不重要的感想）如此怒聲回應。

「迪克，你瘋了嗎？日本不是我們的祖國嗎！」

「日本怎麼對待我們的！就算像這樣志願從軍，為日本效力，我們到最後還是『遺族血統』

不是嗎！我們經過再久依然被當成外人！」

「不對！迪克，這是你的誤解！我們的外國籍父母無疑是外人。幾個世代之前就住在這裡的人，當然會稍微把我們當外人看待！但在軍中！在部隊！長官與同袍都視我們是戰友！視我們是同伴接納！」

「喬，那是因為你是魔法師！你具備魔法師的利用價值，軍方才會給你好臉色看！」

「迪克，你居然說這種話？憤慨地認為自己是遺族血統就被排擠的你，只因為我是魔法師，就把我當成和你們不一樣？迪克，你不把我當同伴嗎？」

槍聲中斷。

而且，演算干擾的想子波也減弱。

好機會！

從這種不穩定的狀況來看，使用晶陽石的人不是魔法師，沒有魔法演算領域。只是想子存量多一點，卻沒辦法控制想子。如果以為這種普通人使用的演算干擾，就能一直牽制我這個四葉家下任當家候選人，那就大錯特錯了！

我不使用CAD。啟動的時間太浪費了。

既然這樣，只能使用那個魔法。

繼承自母親的精神干涉魔法。

和母親的魔法「精神構造干涉」不同，卻同樣是朝對方精神產生作用的魔法。
那是凍結對方精神的魔法。
為了避免波及無辜的人，我只瞄準戴著晶陽石戒指的那個傢伙──

我發動精神凍結魔法──「悲嘆冥河」。

演算干擾停止了。
我知道對方已經「靜止」。
這是我第三次「停止」人類。
雖然不是殺害，但是永不融化的凍結、不再動作的靜止，等同於死亡。
我緊咬牙關承受罪惡感。
導致寶貴的時間無謂地流逝。
這是我過於天真。
所以這是理所當然的報應。
對方明明不只一人。
槍口明明朝向這裡。

對方在櫻井小姐發動魔法的同時扣下扳機。

櫻井小姐構築的魔法式，在產生效果之前就消散了。

機關槍的一輪掃射，在我、母親與櫻井小姐身上留下彈孔。

中槍的部位……

與其說痛……

不如說熱。

我的身體……

好冷。

我感覺得到，生命隨著鮮血流逝。

我要……死掉了……

原本以為死前會感受到更多不同的後悔與執著，卻出乎意料地滿腦子空白。

若要說有唯一的遺憾，就是我想再好好對那個人道歉。

要是沒有我，那個人理應能活得更加平凡。

活得更加自由。

對不起，哥哥。

真的對不起，哥……

「深雪！」

我以為是幻聽。

我正在思考哥哥的事情，所以我以為自己稱心如意地在腦中偽造哥哥的聲音。

因為，哥哥不可能將情緒表露在外，以如此拚命的聲音呼喚我的名字。

不可能阻止我死去。

我好不容易睜開雙眼，看見雲層覆蓋的天空、消失的牆壁、不見的反叛兵，以及朝我伸出左手的哥哥。

哥哥的左手，釋放出壓倒性的「某種東西」。

這東西覆蓋我依依不捨而瀕死的身體，輕易穿破我的情報強化護壁，注入我的身體。

哥哥的「心」包覆著我的身體。

我只能以這種方式形容。

讀取我身體的一切，全部再度打造。

逐漸重新打造我的身體，以及「我」自己。

這是哥哥的意志，哥哥的力量。

形容為魔法實在過於強大、過於精緻、大膽、細膩。

不對，這肯定才是真正的「魔法」。

這才真正值得稱為魔法。

我感覺看見死神逐漸遠離。

死神似乎感到束手無策，懊悔不已。

這當然鐵定是幻覺。

不過，幻覺中的死神頗具人性，讓我不禁輕聲一笑。

血腥味湧上喉頭的現象，完全沒發生。

「深雪，妳還好嗎？」

變得清晰的視野，滿是哥哥擔心的臉龐。

我第一次看見這個人露出如此真實的情感。

「哥哥……」

這兩個字不知為何，流暢地脫口而出。

沒有結巴，也沒有突兀的感覺。

「太好了……！」

我可以更加亂了分寸。

可以更加驚慌失措。

因為，那個人用力地、確實地，緊抱著我的身體。

——不過，我認為這是理所當然。哥哥的懷裡是我應當身處的歸宿。

我抱持這種或許相當厚臉皮的感覺。

所以哥哥放開我的時候，我反射性地抓住哥哥上衣的衣袖。

哥哥睜大雙眼回應我的目光，接著瞇細雙眼，用力撫摸我的頭。

「啊……」

我不曉得如何解釋自己不禁發出的這個聲音。

哥哥露出有點尷尬的笑容，害羞似地轉過頭去——繃緊表情。

雖然是面無表情，卻不是缺乏情感，是完全集中精神導致面無表情。

他的側臉像是在拚命回想某些事。

他的視線前方，是生命之火即將消失的母親與櫻井小姐。

「哥哥！」

哥哥沒回應我的呼喚，大概是專注到沒有那個餘力，就這樣以左手抽出ＣＡＤ。

我感覺到無法置信的大量想子，在哥哥體內活化。

哥哥構築出一具可以容納龐大資料的想子情報體容器。

哥哥的食指扣下ＣＡＤ的扳機。

母親的身體，看起來似乎被哥哥的左手吸入了。

這當然是錯覺。

我不知道哥哥怎麼做的，卻知道發生了什麼事。

正因為自己也被這麼做過，所以能正確推測。

哥哥將構成母親身體的所有情報，複製到自己的魔法演算領域，以加工之後的情報體，改寫母親的身體情報。

中槍的傷口消失。

染溼衣服、飛濺在地板的血跡消失。

母親緩緩往前倒，我連忙跑過去，扶起母親的身體。

母親有些喘不過氣，但確實在呼吸。

和中槍前一樣……不對，這是……把中槍當成沒發生過？

哥哥左手的ＣＡＤ指向櫻井小姐。

他迅速又流暢地完成想子情報體的準備，剛才對母親使用時，和這次根本沒得比。

明顯熟練許多……？

哥哥光是三次經驗，就逐漸完成「完全復原他人軀體」的超高階魔法！

我因為畏懼而顫抖，同時也認定這是理所當然的事。

——因為，這個人是我的哥哥——

我內心滿是驕傲。

再也不在意自己一無所知的愚蠢。

櫻井小姐以不敢置信的表情，俯視自己的身體。

母親還沒清醒，但呼吸相當穩定。趕來的軍醫表示她不是昏迷，單純只是睡著，所以不用擔心。我聽完鬆了口氣。

「抱歉，內部出現叛徒，完全是我們這邊的疏失。雖然做任何事都無法贖罪，但有什麼要求儘管說。國防軍會儘可能給個方便。」

如今，哥哥在我身旁和風間上尉相對。

哥哥請低頭道歉的風間上尉抬起頭。

哥哥能在緊要關頭趕赴剛才的場面，似乎是多虧風間上尉與真田中尉提供助力。此外，那些反叛的士兵們，似乎原本想擄我們當人質，從結果來看，幸好檜垣上兵趕來，我們才免於陷入那樣的境遇——不過事實上，反叛士兵的真正目標是同房的那位男性，我們只是遭到牽連。那個人是軍需企業的重要幹部，現在和家人一起收容在其他房間。換句話說，我們因為軍方安排和那位男性同房而差點沒命。即使如此，多虧檜垣先生為我們爭取時間，哥哥才來得及搭救，這也是毋庸置疑的事實。

不過，要不是哥哥的那個魔法，母親、櫻井小姐還有我，現在肯定死了。

我在心情上，無法不追究這一點。

「那麼，請先告訴我們正確的現狀。」

但我不打算主動提出任何要求。

雖然對不起櫻井小姐，但我也沒有允許她開口的意思。

即使母親清醒，我也希望母親此時保持沉默。

因為，這是只屬於哥哥的權利。

「敵方是大亞聯盟？」

「沒有確切的證據，但應該沒錯。」

「成功在海上抵擋敵軍的說法是假的吧？」

「對。敵方的潛水搶灘部隊，已經在名護市西北方海岸登陸。」

……也就是說，當時的潛水艦是來探路的？

「敵方也已經掌握慶良間諸島近海的制海權。從那霸到名護，和敵方串通的游擊兵，在各處妨礙我軍兵力調度。」

……狀況比想像中嚴重。

「但是不用擔心。游擊兵人數原本就不多，目前已經制服約八成左右了。軍方內奸應該也會立刻解決掉。」

「確保登陸地點的目的已經完成，他們應該毫無用處了。大亞聯盟經常宣稱人力過多，即使失去再多棄子，在下認為他們也不痛不癢。」

哥哥平淡地指摘，使得風間上尉露出如同有苦說不出的扭曲表情。

「那麼接下來，請將家母、妹妹與櫻井小姐收容在安全場所保護。可以的話，請收容在比避難所更安全的地方。」

「……收容在防空指令室吧。那裡的裝甲強度是避難所的兩倍。」

……我無言以對。軍人坐鎮的指令室，居然比民眾的避難所更加固若金湯。不過，軍方基地或許都是如此。

「再來是最後一個要求。請借在下一套裝甲服加步兵裝備。不過雖說是『借用』，如果是消耗品就無從歸還。」

「……為什麼？」

哥哥的這個要求，連我也不禁感到疑問。

哥哥，為什麼？

而且，您剛才沒把自己列入要求軍方保護的對象，為什麼？

我窺視哥哥雙眼，想知道他的真正用意，卻倒抽一口氣。

哥哥的眼中……

是形容為暴怒也不夠的──

熾烈肆虐的蒼白業火。

「他們膽敢對深雪下手，非得接受報應。」

在場的人們聽到哥哥的聲音，臉上幾乎都失去血色。唯一面不改色的風間上尉，或許該說是膽量過人吧。

「你打算一個人去？」

「在下要進行的並非軍事行動，是私人報復。」

「本官不在意這種事。既然是人類，就不可能進行和情感無緣的戰鬥。即使是抱持復仇心態上戰場，只要能控制情緒就不成問題。」

哥哥與風間上尉的視線相對。

不對，兩人在互瞪。

「本官不能允許你屠殺非戰鬥人員或投降對象，你也沒這個打算吧？」

「我不打算讓他們有時間投降。」

「那就好。我們這次的任務，原本就是擊退或殲滅侵略軍，沒必要勸對方投降。」

風間上尉露出不同於哥哥，卻也不輸給哥哥的果斷表情。

「司波達也，加入我們的戰鬥行列吧。」

哥哥臉上沒有感謝的神色。

「在下不打算聽從軍方指揮。因為在下必須保護的事物，和各位要保護的事物不同。不過，既然要對抗的同樣是侵略軍，目的同樣是殲滅對方，那就並肩作戰吧。」

哥哥身上洋溢的氣息，如同傳說名匠打造的鋼鐵刀刃般冰冷、銳利、英勇……我就只是忘神看著這樣的哥哥。

「很好。真田，借他裝甲服與近戰裝備！空降部隊十分鐘後出擊！」

「櫻井小姐，母親與妹妹麻煩您了。」

哥哥對站在旁邊不動的櫻井小姐如此告知，不等她回應就跟著真田中尉離去。

這時候，哥哥微微向我露出微笑。這絕對不是我的錯覺。

「那個……可以嗎？」

我目送哥哥的背影離去之後，櫻井小姐有些猶豫地如此詢問。

「什麼事？」

我的思考能力不曉得是在摸魚還是逃班，從剛才就無法隨心所欲地運作。

「即使達也的實力再怎麼好，但他居然要上戰場……而且還是前往最前線作戰，這樣不會太危險了嗎？」

「！」

櫻井小姐的低語聲聽在我耳裡，彷彿是大音量的鬧鐘在耳際響起。

沒錯！我為什麼不以為意地目送哥哥？哥哥正要投身於激烈的戰火之中啊！

「深雪？」

我迅速跑出去，櫻井小姐的聲音從身後傳來。

追過來的只有聲音。

因為她不能扔下母親。

對不起。

我在心中向她道歉。

將母親完全交給櫻井小姐，我內心很過意不去，但現在最重要的是得阻止哥哥！

我只抱著這個念頭奔跑。

幸好哥哥還沒離開太遠，我沒迷路就追上哥哥。

「哥哥！」

或許哥哥不肯轉身看我。這份恐懼掠過心頭，但再怎麼樣也只是我杞人憂天。

哥哥向帶頭的真田中尉輕聲知會，停下腳步轉身。

中尉多走幾步才停下腳步。他這麼做應該是為我們著想。

「深雪，怎麼了？」

哥哥以理所當然的語氣，極為自然地叫我「深雪」，使我莫名地一陣感動湧上心頭，但現在不是沉浸於這種情緒的時候。

「哥哥，那個……」

我本來想說「請不要去」，卻忽然意識到不能意識的某件事。

這樣簡直是「浪漫愛情電影（小說或漫畫也可）」司空見慣，女主角阻止戀人的臺詞。

而且是「禁忌的兄妹戀情」之類的作品。

「深雪？」

哥哥疑惑地看著忽然語塞的我。

我的臉頰大概變得像是成熟的蘋果吧。

「……請……請不要去。」

即使如此，我也非說不可。非阻止哥哥不可。

「請不要和敵軍戰鬥，不要做這麼危險的事。我認為哥哥沒必要冒這種危險。」

我說出來了……！

我被「這樣就沒問題了」的成就感所籠罩著。

我絲毫不認為哥哥會搖頭——搖頭回應我這番話。

「確實沒必要。深雪，我不是因為必要而上戰場，是因為想戰鬥而上戰場。」

所以，哥哥這番回應令我大受打擊。

哥哥的拒絕令我受到打擊，他如同想殺人的說法也令我受到打擊。

但是，我緊抓哥哥的衣服，不願意離開哥哥。

哥哥露出笨拙的笑容，俯視我抓著他上衣的手，將手輕輕放在我的手上。

「如我剛才所說，我是要報復那些傷害妳的人。」

哥哥注視我的雙眼，露出困惑的表情。

「不是為了妳，是為了我自己的情感。」

哥哥嘴裡這麼說。

「不然我無法善罷甘休。」

但他的雙眼，似乎透露著這麼做是為了我。

「深雪，我真正能夠重視的人，只有妳。」

這不是我的誤解。

「對不起，哥哥這麼任性。」

不是我自以為是。

哥哥輕輕讓我的手鬆開，掛著困惑的表情對我微笑。

我整張臉大概紅得像是熟透的番茄。

但我立刻覺得哥哥這番話不對勁而蹙眉。

「能夠……重視……？」

哥哥剛才不是說「重視的人」，是說「能夠重視的人」吧？

或許只是說法上的差異，沒有特別的意義……但我不知為何相當在意。

我下意識說出口，不算是詢問的這句細語，使哥哥露出像是「傷腦筋」的苦笑。

他的笑容，看起來也像是在哭泣。

哥哥的眼眶並沒有泛淚，何況我從未見過哥哥哭泣的表情，但我毫無理由就覺得這個話題會令哥哥悲傷。

「對不起！」

所以我道歉了。我明明再也不能害哥哥悲傷……我抱持這個想法，用力低頭。

少年纖細的手撥開我的長髮，滑到我的臉頰。

哥哥的手雖然纖細，卻比我的手大得多、結實得多。

我配合哥哥的手部動作抬起頭。

哥哥並未強行施力，我卻無法違抗。在我大腦想到絕對不能違抗之前，我的身體已經遵從哥哥的意思行動了。

「沒關係……妳也差不多可以知道真相了。如果可以不用知道，我很希望妳永遠不知道……但只要妳是母親的女兒、是那個人的外甥女，應該沒辦法永遠那樣。」

哥哥這番話是對我說的，卻不像是在對我說話，而是在說服他自己。

「哥哥？」

「現在沒這個時間，我也覺得不該由我說。所以深雪，請母親告訴妳吧。妳現在感覺到的疑問，請母親告訴妳答案。」

「請母親大人……？」

我沒有餘力感到疑惑，只能復誦這段話。哥哥再度對我微笑，這次是有力的微笑。

「深雪，別擔心。我真正能夠重視的人只有妳。所以我今後也會保護妳，而且為此平安地回到妳身旁。」

哥哥的話語不是謊言。

不是臨場的安撫。

「放心。」

哥哥收起笑容，繃緊表情。

他毫不動搖的眼神，令我相信這是毋庸置疑的真實。

「沒人能基於『真正的意義』傷害我。」

令我相信，天底下沒人能危害哥哥。

哥哥把放在我臉頰的手移到我頭上，用力摸我的頭。

我摸著稍微被粗魯撥亂的頭髮。哥哥對我第三次露出笑容，接著跑向真田中尉。

這次，哥哥真的就這樣前往戰場。

◇◇◇

雖說要改到防空指令室避難，但我當然不曉得是哪裡。

我唯一的選擇，就是回到外牆與內牆都消失的那個房間。

這麼說來，那個房間的牆壁為什麼會消失？

櫻井小姐與哥哥說過，牆壁暗藏阻礙魔法的結界術式，所以應該不太可能是被魔法破壞。但切面那麼平整，反而令我覺得不是魔法的話很難辦到。

我覺得大家應該不會扔下我，卻還是有些不安，小跑步回到剛才所在的房間。

啊……

「抱歉，讓您久等了。」

我一看見母親在裡頭迎接，首先出言道歉。

即使昏睡是母親恢復體力的必要方式，但總不能以擔架運送，必須想辦法令她清醒。仔細想想，這也是理所當然。

我的任性判斷導致母親被留在這裡，還害得母親她們必須等我。對此，我並不是為了免於被罵，而是真的抱持歉意低下頭。

「深雪，不用道歉。妳是想把擅自亂來的達也帶回來吧？」

母親以溫柔的笑容回應。

嗚……母親很生氣……

「所以，達也去了哪裡？我好像沒看到他。」

「那個，哥哥他說……要協助軍方擊退敵人。」

「哥哥？」

母親疑惑地蹙起了眉頭。

我反射性地心想這樣或許不太妙，卻不想改口。

母親也沒有責備。

相對的，母親「唉……」地嘆了口氣。

「居然做出這種任性的事……那孩子果然是不良品。」

母親並非「看似」不屑地，是真的不屑地扔下這番話。

不是無奈，是放棄。

我無須詢問，就知道母親在說誰。

比起受到義憤驅使，毛骨悚然的感覺更加強烈。

我的母親，居然能對親生兒子冷淡到這種程度。

「唉，算了。畢竟這次他表現得還算好，就隨便他吧……讓您久等了，請帶路。」

母親向等待帶路的阿兵哥這麼說。

不對，不是「還算好」。

我能夠活下來，母親能夠獲救，都是多虧哥哥。

但我無法對「還算好」這個評價提出異議。

防空指令室位於穿過五道裝甲門的後方。

不只沒有窗戶，甚至沒有直接和戶外相鄰的牆壁，大約四間學校教室大的這層樓，是一間約有三十名管制員面對三排控制臺而坐的小型管制廳，以及從牆壁朝廳內大型螢幕突出來的八間樓中樓隔間。

我們被帶到前方以玻璃組成的一間隔間。

「沒看見竊聽器或監視器等儀器，看來是高階軍官或防衛省幹部視察用的房間。」

櫻井小姐調查房間之後回報母親。

我不曉得她用何種方式調查了什麼，但她的調查結果可以信任。

也就是說，在這個房間討論祕密也沒問題。

「此外，前面這片玻璃不是普通玻璃，警視廳也有相同玻璃。在這間指令室，可以隨意播放正在監控的影像。」

櫻井小姐說到這裡，就看著桌面螢幕操作起控制臺。

「母親大人，我想請教一件事。」

這段時間，我下定決心詢問母親剛才那件事。

「哥哥剛才說，他真正『能夠』重視的人只有我……我詢問哥哥為什麼不是『重視的人』，而是『能夠重視的人』，哥哥要我前來請教母親大人……」

「這樣啊，達也說了這種話。」

母親蹙眉聆聽我的詢問之後，感到無趣般地低語。

「或許差不多可以告訴妳了。」

接著，母親說出和哥哥相同的話語。我感覺似乎是某個重大祕密，緊張得繃緊身體。

「不過，在那之前……深雪，別用那麼尊敬的語氣叫達也『哥哥』。外人在場的時候無妨，畢竟有些部分無可奈何，但如果是只有四葉成員在場時，不應該將達也視為兄長。」

母親並未加重語氣，而是把這件事當成自明之理般訓斥我。

「妳將繼承真夜的地位，成為四葉的當家。要是被人認為妳仰慕、依賴那種不成材的兄長，有可能成為妳的一大敗筆。」

「這種說法……！」

我不由得忘記保持恭敬，頂撞母親。

由於我緊張得認真聆聽，即使這番話出自母親之口，我也無法當成沒聽到。

「您居然說自己的親生兒子不成材！」

「我也覺得很遺憾，但這是事實，所以無可奈何。」

「沒那回事！哥哥以他的力量救了我！」

「是指剛才的事？也對，他得表現到那種程度才行……因為那孩子只做得到那種事。」

我儘可能反駁，母親只以冷淡到前所未有的聲音回應。

聽起來像是完全心灰意冷。

「既然達也表示必須告訴妳，我就不在意。我想想，該從哪裡說起好呢……」

母親思索時，映在整面玻璃窗的風景忽然改變。

從管制員忙碌不堪的指令室，改為從空中俯瞰地面的影像。

映在螢幕上的，是剛從空中降下的哥哥。

我看向櫻井小姐，影像應該是她播放的。

櫻井小姐默默看著我們——我與母親。

不用問就明顯看得出來，她不打算插嘴。

也證明她知道許多我不知道的事。

——映著哥哥身影的螢幕，母親看都不看一眼。

「以魔法師來說，達也天生是瑕疵品。」

母親也沒看我。

「只能以這種結果產下那孩子，我並不是沒感受到責任，但達也以魔法師來說，背負著無從彌補的缺陷，這是事實。」

但母親並未閉著雙眼。

「達也天生只能使用兩種『魔法』：分解情報體，以及重組情報體。只要是位於這兩種概念的範疇，達也似乎可以創造各種技術而靈活運用，但他再怎麼樣也只做得到這兩件事，無法發揮魔法師應有的本領，也就是改變情報體。」

母親注視著一無所有的方向。

「所謂的魔法，是改變情報體、改變事象的技術。即使是多麼細微的變化，只要是將某種事物變成不同事物，就是魔法。但達也做不到這一點。那孩子只能將情報體分解為碎片，或是將情

報體重組為原形。這不是原本意義的魔法。魔法的真正意義，是將情報體變化為不同的事物。天生沒有這種才華的那孩子，以魔法師來說無疑是瑕疵品。」

母親正在注視的，大概是她自己的心……

「總之，我們因為他的重組能力而得救，但嚴格來說，那種能力不是『魔法』。」

我想不出反駁的話語。

不過，我這麼想著。

如果那種力量不叫作魔法，應該叫作什麼？

如果必須以「魔法」以外的方式稱呼，只能稱為「奇蹟」吧？

「然而，我們四葉是冠上十師族之名的魔法師，不是魔法師的人不能待在四葉。不能使用魔法的那個孩子，無法以四葉家一員的身分活下去。所以我們——也就是我與真夜，在七年前決定對那孩子進行某種手術——但那場實驗的動機不只如此就是了……」

實驗？母親對哥哥……進行實驗？

「人造魔法師計畫。以不是魔法師的人類為對象，在意識領域植入人工魔法演算領域，賦予魔法師能力的計畫。」

人造魔法師計畫——這個詞聽在我耳中是不祥的詞。

「對達也進行這項精神改造手術之後，那孩子的情感出現了缺陷。」

精神改造手術？情感出現缺陷？

「不，形容成『衝動』應該比『情感』適當。強烈的憤怒、深沉的悲傷、激烈的嫉妒、怨恨、憎惡、過度的食慾、過當的性慾、盲目的戀愛情感……這些造成『忘我』的衝動，達也除了唯一的例外全部喪失，因而得到施展魔法的力量。」

怎麼這樣…………

「不過很遺憾，人工魔法演算領域的性能，遠不如先天的魔法演算領域。到最後，成為守護者是他唯一的用處。」

我冒出某種想法。

某種應該不可能的想法。

「這項『手術』……是母親大人進行的？」

我如此心想，卻不得不詢問。

大大的「窗戶」上，映著哥哥在體格方面占優勢的大人們圍繞之下，和敵方登陸部隊進行接觸的樣子。

「只有我做得到吧？」

我希望母親否定，可惜這個願望沒能實現。

我早已明白。

魔法演算領域，絕對不是大腦的某種器官，追根究柢，是精神層面的功能之一。

加入人工魔法演算領域，就是改變精神構造。

除非使用母親專屬的魔法「精神構造干涉」，否則不可能做得到這種事……

「……為什麼要這麼做？」

「我已經說明理由。不提這個，我回答妳想知道的事情吧。」

——啊，原來如此……

我也理解了。

察覺了。

在那場實驗失去部分情感的人，不只是哥哥。

我不曉得這是魔法的副作用，還是罪惡感或其他精神作用造成的結果。

不過，我首度得知「魔法」的恐怖。

畏懼著「魔法」能將人心改變得如此殘酷。

畫面上，哥哥以酷似大型手槍的ＣＡＤ瞄準敵兵。

哥哥視線前方的敵兵接連化為塵埃。

「達也沒失去的唯一例外……就是妳要的答案。」

——請不要說。

「那孩子內心僅存的唯一衝動，是兄妹之情。」

——母親，請不要再說了。

「就是疼愛妹妹、想保護妹妹——對妳的這份情感。」

——我再也不想聽了。

「這是唯一留在那孩子心中的真正情感。」

可是，我不可能被容許這麼做。

雙手掩嘴是我下意識的動作。

或許是反射動作。

其實沒那個必要就是了。

因為我受到的震撼，強烈到無法發出尖叫聲。

「達也非常清楚自己的狀況。他所說的『能夠重視』應該就是這個意思。他只認知我是『母親』，沒有理應附帶的母子之情。深雪，達也內心能夠重視的人只有妳。即使是剛才，他也只是順便救我。可能是判斷我死掉會害妳悲傷吧。」

「母親大人是……刻意選擇變成這樣？」

明明是我自己在詢問，聽起來卻像是別人在說話。甚至感覺不是我的某個我，正在操作我的身體發問。

「我並沒有抱持如此明確的意圖。不過，如果基於容量問題，只能留下一種衝動，我認為應該留下他對妳的情感。因為比起我，妳將會和達也相處更長久的時光。」

「您對哥……不，對那個人說過這件事嗎？」

「我當然說明過了。那孩子在某方面拘泥於常識。我說明之後，他就不會無聊地煩惱自己為何無法對父母抱持情感。」

母親說出這段話的時候——

我似乎隱約窺見——

母親苦惱於自己無法對孩子懷抱愛情。

「還有什麼想問的嗎？」

「沒有……謝謝母親大人。」

某個部分的我，認為早知道就不該問。

也有某個部分的我，認為幸好有問。

這是不堪正視的往事與事實，卻是我不能轉頭無視的現在與未來。

畫面上，哥哥如同走在無人荒野，以固定速度前進。

子彈與砲彈都打不中哥哥。

將砲塔指向哥哥的戰車（似乎是戰車），連同內部駕駛員完全消失。

哥哥以不變的腳步邁進。

不過，和哥哥同行的部隊不能這麼做。

他們為了避免落後哥哥，不斷沿著掩蔽物後方飛奔移動，發射子彈或魔法。

啊！

一位阿兵哥中槍了。

經由空中攝影機所見的戰場，簡直像是電影情節。

在我沒受到太大震撼，繼續注視的螢幕上，哥哥將左手握的ＣＡＤ瞄準那位阿兵哥。

究竟是什麼時候？

我幾乎無暇如此納悶。

下一瞬間，這位阿兵哥若無其事般地繼續在畫面上奔跑。

敵方砲塔開火。

沒命中哥哥。

哥哥以右手瞄準。

敵方消失無蹤。簡直像是特攝電影。

己方士兵倒下。

哥哥以左手瞄準。

光是如此，倒地的士兵就若無其事般起身。

比起他人——不只是一般人，我比起大多數的魔法師都熟悉魔法。即使在我眼中，螢幕播放的影像也缺乏真實感，如同真正的電影。

不過，這是不負責任的旁觀者的感想。

對於和哥哥並肩戰鬥的軍人來說，這是出乎意料的幸運。即使受傷，即使是受到致命傷也能立刻痊癒。這是如夢似幻般的狀況。

對於和哥哥對峙的敵軍來說，這是預料之外的凶象。應該確實打倒的敵人再度起身，只有己方一個個消失到連屍體都不留的惡夢。

哥哥化為魔神，在戰場昂首闊步。

就只是為了報復我曾經中槍。

如果這是從七年前，從哥哥六歲時就註定的事……

我應該如何報答哥哥？

應該以何種事物回報？

如今的我，甚至連這條命都是哥哥所賜。

【15】西元二〇九五年十一月六日／四葉本家會客室

在對馬要塞道別至今一週。

當天，達也先行返回，關於那場戰鬥最後以何種形式了結，他只知道一般對外公開的部分，不知道進一步的詳情。達也趁著這次和風間重逢的機會，試著提出各種問題，但風間似乎也在各方面不甚清楚。

達也和風間交換情報（雖說如此，達也這邊能提供的情報只限於「傳聞」的範圍）相互推理的時候，忽然整個身體轉向房門。

緊張情緒竄過深雪的背脊。

她從哥哥的樣子察覺了。

終於——

「打擾了。」

響起形式上的敲門聲之後，門不等回應就開啟。

恭敬行禮的是一名高齡管家。層級和剛才的少年不同，外表看起來就是位居高階地位，已過

中年的男性。

不過，他沒有繼續說話。

若只是開門這種簡單的工作，應該不是這名老人的職責。但他依然沒有進一步舉動。

不過，達也、深雪與風間都不覺得奇怪。

他們反而共同認為，這份工作只能由這名老人負責。

「各位久等了。」

這座宅邸的主人從老人後方現身。

「真的非常抱歉。上一位客人遲遲沒離開……即使超過了約定時間，我這邊也實在不方便下逐客令……」

「請不用在意。本官知道您日理萬機。」

風間如此回應真夜的道歉之後，兩人總算坐下。

「深雪也坐吧。」

深雪也在催促之下緩緩坐下。

不過，真夜沒招呼達也。

達也就這麼站在沙發上的深雪旁邊。

管家也在真夜身旁待命，雙方如同照鏡子般對稱。

三人面前擺著白瓷茶組。

不用說，這裡說的「三人」當然是真夜、風間、深雪。

真夜邀兩人享用紅茶，自己也淺嘗一口，接著立刻進入正題。

「事不宜遲，本日這趟邀請的用意，是關於之前以橫濱事變為開端的一連串軍事行動，有些事情要告知各位。」

「告知本官？」

關於這次的軍事行動，局外人真夜對身為軍人的風間，不是有所詢問，而是有所告知。風間如此回問也是理所當然。

「是的，也要順便告知達也與深雪。」

真夜說著，露出暗藏玄機的笑容。

雖然她嘴上說著「順便」，但實際上是要說給達也他們聽——從真夜的表情，無須揣測就能明白這一點。

「國際魔法協會達成共識，提出一個見解。一週前消滅鎮海軍港的爆炸，並不是抵觸憲章的『輻射汙染武器』所造成。」

輻射汙染武器是「殘留物質將釋放輻射汙染地球環境之武器」的簡稱。國際魔法協會標榜要阻止各國使用殘留物會造成輻射汙染的兵器，輻射汙染兵器這個用語，主要是該協會以及各成員國的魔法協會所使用。雖然使用「武器」這個詞，卻也包含會造成輻射汙染的魔法術式。這種用語很少用在魔法協會以外的地方，但身為魔法師（即使是古式）的風間當然聽得懂。

「協會提出的懲罰動議，也隨著這個共識而作廢。」

深雪的臉色一度更加緊繃，接著立刻鬆了口氣。

「本官不曉得協會提過懲罰動議。」

風間以缺乏抑揚頓挫的聲音發表意見。先不提深雪，風間不可能沒考慮到這個可能性，但場中無人指摘。

「您看起來真冷靜。如同確定協會不會派遣懲罰部隊。」

相對的，真夜做出更直接的回應。

魔法師是國家的財產暨兵器，屬於國家所有。

即使是民間魔法師，也不准做出違反國家利益的舉動。在這個層面，世上魔法師的人權，比魔法師以外的人們受到更顯著的限制。

同時也因此，國際魔法協會並沒有自己的戰力。國際魔法協會旗下的魔法師規模，不足以被稱為戰力。

但是相對的，國際魔法協會可以號召各國協助，編組多國籍團隊作為執行部隊。要是協會針對本次的「神祕大轟炸」編組懲罰部隊，希望日本國力減弱的國家，應該會各自派出強力的魔法師。這理應是軍方不能忽略的擔心事項。

「因為已經確定，沒有觀測到輻射物質殘留。」

風間並未補充「您應該也知道」這句話。這種事不需要說出口，而且他很清楚，即使說出來也只會被輕描淡寫地帶過。

正如預料，真夜很乾脆地換了話題。

「那麼您知道嗎？消失的敵方艦隊乘員包含『震天將軍』，而且認定已經戰死。」

「您說劉雲德？」

真夜說出的新消息，撼動了風間的撲克臉。

回問的風間睜大雙眼。這個動作並非裝出來的。

「是的，正是各國政府向國際公開的十三名戰略級魔法師之一——劉雲德。不過大亞聯盟似乎嚴格管制這個情報就是了。」

戰略級魔法師的隱私權，簡直像是不存在呢——真夜說完一笑。

如她所說，單人實力匹敵戰略兵器的戰略級魔法師，是列強關注的焦點，更是各國魔法師的關注焦點。只要沒有使用晶陽石之類的特殊裝置，就只能以魔法師對抗魔法。既然現狀如此，阻止戰略級魔法就是軍方魔法師的重要任務。

列強為了宣揚國威而公開其存在的十三名戰略級魔法師，也就是「十三使徒」之中，傳聞只有USNA的安吉．希利鄔斯成功隱匿動向。

日本當然也不例外。調查十三使徒動向的諜報活動，是十師族投注大量心血的領域。比方說收集安吉．希利鄔斯的情報就是重要工作。至今只知道這名魔法師的姓名（正確來說是綽號與代號）並確認未成年，除此之外連長相都沒人知道。

「這麼一來，『十三使徒』便成為『十二使徒』了。」

真夜以簡單的一句話，整理出國際軍事平衡大幅變動的要因。

而且進一步公開風間也不知道的機密情報。

「政府似乎想藉此促使大亞聯盟大幅讓步。參謀長要求五輪家出動，五輪家也答應了。澪小姐將和集結在佐世保的艦隊同行。」

「那位澪小姐要登上軍艦？」

至今明白自己立場，只當個聽眾的深雪，不由得出聲詢問。

「是的。」

但真夜沒有訓斥。換言之，這是令人忘我也不奇怪的驚人消息。

五輪澪是日本政府對外公開的唯一一位戰略級魔法師，也就是「十三使徒」之一。

依照現在確認的狀況，是除了達也之外，唯一能使用戰略級魔法的日本人。

也就是日軍的王牌。

她的「深淵」是將半徑數十公尺到數公里的水面，下陷為球面形狀的魔法。在移動系魔法當中，特別歸類為流體控制魔法。在海面被該魔法發動領域吞噬的艦艇，將會從陡峭水面滑落或墜落翻覆，在解除魔法恢復海平面造成的巨大海嘯中葬身海底。半徑一公里的「深淵」，最大可製作深達一公里的半球面，即使是海裡的潛水艦也能輕易捲入。

這種魔法理論上可以一次破壞一支艦隊，因此被認定為戰略級魔法。但即使在地面，如果是以地下水為對象發動「深淵」，也可以讓許多建築物同時倒塌。

「……可是，她身體不是很差嗎？」

「參謀部及五輪家都是明知這點而做出這個決定吧。他們認定這是難得的良機。」

深雪擔心地詢問，真夜則是滿不在乎地如此回應。

五輪澪擁有強大的魔法能力，相對的，肉體層面相當虛弱。

聽說她在青少年時期還沒這麼嚴重，但在二十歲之後，就經常得以動力輪椅代步。她並不是雙腳罹病而無法行走，是儘可能避免消耗體力。據說她從大學畢業之後就住在五輪家宅邸，幾乎足不出戶。

五輪家現在是十師族之一。不過從其他方面來說，明顯是因為擁有澪這位戰略級魔法師，才能保住這個地位。即使移動距離不長，卻要求澪待在戰艦好幾天，確實可說是一種賭注。

「如同我們這邊掌握劉雲德的動向，對方應該也得知澪小姐出動了。此外，有一項尚未確定的情報，據說貝佐布拉佐夫博士已抵達海參崴。」

風間聽到這個名字，表情再度變化。

「——您是說『燎原火』伊果．安德烈維齊．貝佐布拉佐夫？」

「是的，就是那位貝佐布拉佐夫博士。各國軍方高層目睹朝鮮半島南端的戰果，似乎重新看好大規模魔法的效果。」

達也沒發出聲音，但是同樣驚訝。

伊果．安德烈維齊．貝佐布拉佐夫，他是蘇維埃科學研究院的科學家，同時也是新蘇聯擁有的戰略級魔法師。

貝佐布拉佐夫不是達也這種保密的戰略級魔法師，和澪一樣是國家公認的戰略級魔法師——十三使徒之一。他的戰略級魔法「水霧炸彈」，雖然威力比起USNA安吉．希利鄔斯的「重金屬爆散」遜色，破壞半徑卻號稱是十三使徒首屈一指。

各國至今只把戰略級魔法用來示威，未曾動用在實戰，不過本次戰爭包含達也在內，已動員四名戰略級魔法師。

「大亞聯盟應該也掌握到相同的情報，所以——」

「這幾天很有可能談和？」

「我們是這麼預料。」

真夜說到這裡，面帶笑容注視風間。即使已經四十五歲左右，他的笑容依然像是未滿三十歲般年輕，兼具孩童的可愛與大人的魅力。

但這種美色不可能對風間管用，他默默等待真夜說下去。

「……三年前的過節，應該會以此了結吧。」

真夜再度說下去時，臉上稍微透露出期待落空般的不滿神色——這應該無法斷言全都是達也的錯覺吧。

「不過，本次鎮海軍港消滅，引來許多國家的注目。不少國家推測那個攻擊是戰略級魔法，試圖查出術士的真實身分。應該有單位會發現三年前大亞聯盟派遣艦隊全軍覆沒的沖繩海戰，和本次戰事有些共通點，試圖以此為線索調查。不過，我們極不樂見達也的真實身分曝光。」

「本官非常明白。」

風間點頭回應，真夜見狀自然地笑逐顏開，甚至看不出這是裝出來的。

不對，剛才或許是她由衷地滿意而笑。

「很高興您能理解。那麼為了以防萬一，想請您暫時避免和達也接觸。」

和風間的協商，以真夜滿意——也就是四葉家滿意的形式達成共識。

形容成「被玩弄於股掌之間」有些誇大，不過本次和大亞聯盟的戰鬥，軍方允諾不再動用達也，這無疑是由真夜主導的結果。

不過，軍方是否打算遵守這個口頭承諾，是否全面信任這個口頭承諾，還是得加上括弧再打個大問號。

如今，會客室內是真夜與達也一對一對峙。談完事情的風間當然已經離開（他也很忙），不過連深雪也離席，這是真夜的嚴詞指示。

真夜甚至命令自己的隨從離席，即使如此，她依然遲遲沒說明用意。

直到真夜不太滿足地看著見底的紅茶茶杯，達也才默默地坐在她的正前方。

默默坐下，換言之就是沒徵詢同意。

達也靠著椅背等待對話的模樣，和緊張或畏懼無緣。

真夜朝他一瞥，將杯子放回茶盤。

「上次和你這樣相對，是三年前的事吧？」

她的聲音與表情，沒有指責達也傲慢舉止的樣子。

「姨母大人，您是第一次像這樣對在下說話。」

「是嗎？」

達也表現的態度並非恭敬，而是嘲笑，就某方面來說是一如往常。相對的，真夜的語氣也變得比剛才隨和許多。

「這麼說來，這次是我們第一次單獨交談？」

「是的。」

就算這樣，她的語氣也不足以形容為「親切」。

兩人眼中的光芒過於強烈，無法如此形容。

「所以，請問姨母大人有什麼話要說？」

「別這麼急。要不要喝杯茶？」

「要是招待在下喝茶，您身邊的人不會嘮叨嗎？」

達也過於率直的發言，使得真夜噗哧一笑。

「正直不一定是美德喔。」

「忠言總是逆耳。」

達也的回應極為靈敏。

真夜並未生氣，反而佩服地點頭。

「偶爾應付毫不客氣的對手也不錯。」

「害您不高興了嗎？」

「我們是姨甥關係，無須在意。」

真夜以很難辨別是否為真心話的語氣回應之後，拿起桌上的呼叫鈴。

這個房間的牆壁，沒有薄到能令小小的鈴聲外洩。

即使如此，不到一分鐘就有人敲門，這表示房間肯定受到某種方式的監視，但達也並未慌張地站起來。

「請問有何吩咐？」

現身的是剛才的年邁管家。他看到達也從容坐在主子正前方的樣子也面不改色。

「葉山先生，再給我一杯茶。此外，也端杯同樣的茶給達也。」

「遵命。」

如果是青木，大概會忘記真夜在場，臉色大變地臭罵達也吧。

但無論是基於何種理由或形式，獲准「偷聽」主子對話的親信，不可能如此小心眼。

達也之所以沒慌張，也是基於這個推測。

此外，也是基於「現在粉飾太平應該也沒用」的判斷。

只要稍微有點眼光，就明顯看得出達也不服從真夜。

等待茶水的這段時間，真夜沒開口。

達也同樣沒催促。

「要不要喝杯茶」代表著「邊喝茶邊聊」。達也沒有遲鈍到連這種事都不懂，也沒有幼稚到連這種耐心都沒有。

葉山管家端茶過來之後，真夜拿起杯子喝口茶，總算願意開口。

「達也，你這次大顯身手呢。」

她的語氣與話語，應該不會有人完全以字面上的意義解釋。

「不，沒那回事。」

達也同樣不認為真夜在誇獎自己。

「不過，你做了令四葉困擾的事。」

「非常抱歉。」

正如預料，姨母裝模作樣地嘆口氣如此抱怨。達也則是回以形式上的謝罪。他絲毫沒有跪地磕頭，或是將額頭按在桌面之類的可嘉念頭。

「……總之，我知道你只是依照命令行事而已。其實我很想質問風間少校是否需要做到這種程度，但追究往事也沒用。」

「在下很慚愧。」

達也這次稍微誠心道歉。先不提是好是壞，達也或許也覺得自己做得「有點」過火——實際上不只是「有點過火」的程度，是稱為過度都不夠的大破壞。

「不提這個，今後才是問題。」

「發生了什麼具體的麻煩事嗎？」

真夜沒有立刻回答達也。

她閉上雙眼，喝口紅茶，緩緩揚起目光。

從正面注視達也的雙眼。

達也並沒有承受她的視線，而是和姨母一樣拿起茶杯啜飲。

「STARS有動靜。」

目光沒相對就傳來的這句話，威力足以令達也瞬間停止動作。

「代表美國本身有所行動？」

至此，真夜與達也的視線終於從正面相對。

雙方背負的事物無從相比。

真夜背負著名為四葉的強大組織，達也該保護的對象只有深雪。

但是，達也的目光絲毫沒輸給真夜視線的沉重壓力。

「現階段還只是STARS自行展開調查。但他們已經查出那場爆炸是質能轉換魔法所造成。關於術士的真實身分，也查到相當深入——具體來說，甚至將你與深雪列為嫌疑人之一。」

真夜提供的情報，使得達也搖頭一次半。

「……好強的情蒐能力。」

「代表他們號稱世界最強的魔法部隊，絕非浪得虛名。」

「不，在下說的是姨母大人這邊的人。」

沒有回應。

真夜以遭到暗算般的表情沉默。

達也沒刻意露出看好戲的表情，像是填補沉默縫隙般開口。

「USNA軍的STARS自認是世界最強的魔法部隊。您卻幾乎即時查得他們的諜報成果。難道是派人臥底？」

「……很遺憾，無可奉告。」

「您說得是。」

真夜好不容易擠出這句回應，達也故作正經點頭回應。

真夜一瞬間露出忿恨表情，卻立刻恢復笑容，或許該說真了不起。

「……總之，注意周圍的動靜吧。STARS不像你至今應付的對象那麼簡單。要是他們判斷會撼動美國霸權，也可能動用實力解決。」

「如果可能波及到四葉，就會從其他地方派遣刺客是吧？在下會銘記在心。」

姨母與外甥相互注視。

兩人的臉上已沒有一絲笑容。

「既然你明白到這種程度，就可以長話短說。」

「您認為我可以當場得出這個答案，才會讓深雪離席吧？」

達也的遣辭用句有些改變了。

真夜沒有回答他的詢問。

視線再度交會時，她的回答是這個：

「達也，退學吧。」

真夜這番話不是回答，是命令。

「要我退學做什麼？」

「暫時在這裡閉門反省。我會派其他人擔任深雪的守護者。」

「但我認為，只有護衛對象能選擇守護者。」

「凡事都有例外。」

「嗯，說得也是……不過恕我拒絕。」

如果場中有其他人列席，應該會因為室溫驟降而顫抖。

但是寒意並非來自物理溫度降低，而是來自全場緊繃的緊張感。

「我認為，要是我在這個時間點突然退學的話，就等於對外承認殲滅大亞聯盟艦隊的魔法師就是我。」

「理由要編多少有多少。」

「是這樣嗎？」

真夜與達也臉上的表情消失了。

「所以你不服從我的命令？」

「只有深雪能命令我。」

緊張感提升到最高潮。

在時光彷彿凍結的緊迫氣氛中……

「夜」塗改了整個世界。

不是黑暗。

燦爛閃耀的星群，浮現在黑暗之中。

會客室的天花板，化為沒有月亮的夜晚星空。

星星化為光線流動。

——室內洋溢血腥味。

下一瞬間——

充斥於室內的「夜」……

無聲無息地粉碎。

房內，依然是相互注視的姨母與外甥。

不過，充斥於兩人之間的緊迫感，隨著「夜」的瓦解而消失。

「——您似乎相當手下留情。」

「那是當然吧？因為你是我可愛的外甥。」

真夜笑著回應達也的細語。

兩人都毫髮無傷，室內沒留下血腥味。

「總之，即使扣除這點，你也表現得很好。所以這次我決定實現你的任性願望。」

「感謝姨母大人。」

「不用謝。這是你破解我魔法的小獎品。」

達也默默起身。

他就這麼簡單地行禮致意，真夜輕輕搖手回應。

達也離開會客室。

沒有任何人叫住他。

◇◇◇

達也離開後，真夜獨自留在會客室沉思，最後嘆出好長一口氣，拿起桌上的呼叫鈴。

「——夫人找屬下嗎？」

「換個地方。在日光室準備茶水，帶深雪他們過去。」

真夜如此吩咐立刻現身的葉山管家。

「遵命。」

葉山行禮致意，沒和主子目光相對，迅速收拾用過的茶具。

他就這麼要離開房間，執行真夜的指示時……

「等一下。」

下令的真夜叫住他。

「葉山先生，你不是有事情想問我嗎？」

葉山承受主子的視線，恭敬地行了個禮。

「不敢當。那麼屬下就恭敬不如從命……」

葉山繼前任四葉當家之後，繼續服侍真夜，是四葉家的重鎮。雖然看起來剛步入老年，實際年齡卻超過七十歲。

即使是其他人不敢說的事，如果是他就獲准說出口。這座宅邸有著這樣的氣息。

「像那樣放任達也閣下，真的不要緊嗎？」

此外，葉山不像他人那樣，將達也鄙視為「贗品」。他自己的魔法技能水準不高，但他在魔法師領域閱人無數，這樣的經驗令他對達也評價很高。

——評價為必須提防的魔法師。

「無妨。啊，我自認非常明白葉山先生在擔心什麼。那孩子確實隨時會背叛四葉。」

「……不敢當。」

「而且正如剛才的確認，我的魔法很不適合對付那孩子的特異能力。要是認真交戰，我戰敗的機率很高。」

真夜的魔法是「流星群」。日本是以外在特徵命名為「流星群」，但英文名稱「Meteor（流星）Line（軌道）」更能展現該魔法的性質。

令真夜成為世界最強魔法師之一，得到「極東魔王」、「闇夜女王」等稱號的這個魔法，是在效果範圍內改變光線分布狀況的一種聚合系魔法，在室內或隧道這種封閉空間，尤其能夠發揮強大的威力。

這個魔法表面上的施展程序，是先以漂浮許多小光球的黑暗封閉目標空間，再將光球化為無數光線，貫穿攻擊對象。

這個攻擊表面上看似雷射雨的形式，但流星群的攻擊力，和光線的能量完全無關，甚至和光量都無關。

此魔法的本質在於顯著並強制偏移光的分布，將光線存在的座標設定為小點及細線。設定為光之通道的空間，及構成該空間的物體，改變為光線可穿透的狀態，結果就是無視於有機或無機物，也無視於物體硬度、耐熱性、可塑性與彈性，在目標物開出能讓光線通過的洞。即使是高透明度的玻璃，只要透光度不是百分之百，就無法逃離「改變為光能穿透的狀態」，亦即「穿孔」的事象改寫。

若不是從現象本身，而是從邏輯層面來看，這個魔法是經由光線的分布，干涉目標物的構造情報，不經由加熱或壓力，直接將固體或液體氣化。換句話說，堪稱是將物質分解為氣體的一種分解魔法。「光線偏移而存在的線」本身是既定的定義，因此無法以反射、折射或阻擋的方式防禦；由於不是從單一方向照射光線，魔法構成的護盾也無法防禦；即使以防禦全方位的球形護罩包覆，這個魔法依然會製造出「光線可以百分百通過的軌道」而穿孔，和光子的移動完全無關。

干涉物理現象的魔法，不可能防禦這個魔法，而且也幾乎不可能以對抗魔法防禦流星群。由於是以「光」這個物理現象為媒介，要以純粹的心靈防禦手段——「領域干涉」阻止該魔法發動極為困難。除非術士在「光之分布」這個單一要素的干涉力勝過真夜，否則無法阻止「流星群」發動。干涉「光之分布」是真夜與生俱來的魔法，所以這個條件的門檻過高。何況魔法一旦發動，即使試圖以領域干涉對抗，「光之分布產生偏移」的改寫現象，也早已成為既定的事實。

即使是十文字家能同時發動物理護壁及魔法護壁的「連壁方陣」，也無法防禦這個魔法。因此真夜在魔法師之間的戰鬥無人能敵，被視為「世界最強魔法師」之一。

然而——「流星群」對指定空間的所有構成要素產生作用時，是「間接」干涉物體的構造情報，因此達也「直接」干涉構造情報的魔法，是決定性的剋星。藉由光線干涉空間構造而創造的「夜」之結界，面對直接干涉空間構造的魔法將會輕易粉碎。

「我被那孩子殺害的可能性也絕對不低。但是達也即使能背叛四葉，也無法背叛深雪。而且深雪絕對不會和四葉敵對。」

「不過，深雪大人似乎相當依賴達也閣下。達也閣下對我們四葉家造反時，屬下不認為深雪大人會違抗他的意思。」

葉山眉心刻上深深的憂慮，反駁主子這番話。

但真夜完全不為所動。

「放心。即使不洗腦，主導他人心理方向也不難。這種事無須向葉山先生說明吧？」

真夜輕輕露出的笑容，蘊含著憐憫之意。

「深雪絕對無法逃離自己背負的責任。因為姊姊就是這樣教育她。而且達也絕對無法做出折磨深雪的舉動。」

「……可是，為此必須……」

「嗯。雖然對不起其他候選人，但下任當家就確定是深雪了。這是為了避免和達也──那個怪物為敵。」

「為此無論如何，都得讓深雪大人接受當家的寶座吧？」

「葉山先生，無須擔心。這方面的策略，我也確實準備好了。」

真夜說完後，露出老神在在的微笑。

葉山深深行禮致上最高級的敬意，這次他真的離開會客室了。

西元二〇九五年的橫濱事變，一般公認是西元二〇九二年沖繩侵略作戰的延伸，企圖藉此洗刷三年前敗戰（也可說是「作戰失敗」）的恥辱。

不過，橫濱侵略作戰之後的一連串軍事行動，是在重現「沖繩海戰」之後閉幕，或許該說是歷史的諷刺吧。

[16]西元二〇九二年八月十一日／沖繩戰場

和風間所指揮的恩納空降部隊同行的達也，將侵略軍趕到海邊。

正常來說，或許該形容為「達也同行的恩納空降部隊」。

然而，實際擊潰侵略軍的，是站在僅僅一個小隊的步兵集團前方，以全罩式頭盔與裝甲服隱藏全身的嬌小魔法師。這是場中敵我雙方清楚看在眼裡的事實。

這是形容為戰鬥又過於一面倒的殺戮。

同時，卻缺乏可稱為屠殺的悲慘要素。

沒有噴灑鮮血。

沒有飛濺肉塊。

連血肉的燒焦味，或是撕裂身軀的爆炸聲，都不存在。

奇妙的寂靜支配戰場。

侵略軍發射的槍彈、手榴彈或肩射飛彈，還沒命中防衛軍就溶解在空中消失。相同規格的子彈、炸彈或飛彈，被視為相同的「群體」消除。

依然堅守陣線，瘋狂扣下扳機的侵略軍士兵，一個個接連變得模糊、扭曲並消失。

跟在達也身後的防衛軍士兵，甚至忘記扣扳機，出神注視這幅缺乏真實感的光景。

侵略軍士兵也一樣，即使同袍接連消失，依然沒有真實感。

原本會因流血或慘死的屍體引發的本能恐懼未受刺激，因此侵略軍即使被神祕的不安侵蝕內心，依然遲遲沒投降。

這正合達也的意。

要是侵略軍有高階魔法師從軍，戰況應該不會如此地一面倒。不只是輕易令對方侵略的日本軍，看似就這麼偷襲成功的侵略軍，在這一點也可說相當大意。

——即使如此，也不構成達也手下留情的理由。

他的精神，如今處於一種狂亂狀態。

卸下對於破壞與殺戮的所有拘束。

完全不覺得殺人是禁忌。

如同行走般，自然而然地破壞、殺戮。

不對，是消除。

他也並非不會動搖。雖然理所當然，但他的精神沒堅定到承受再大震撼都不為所動。

他目睹妹妹差點遇害的光景，受到嚴重的打擊。

無論是再嚴重的致命傷，他的魔法都能一瞬間消除。他今天第一次對他人使用「重組」，不過他從以前就知道，無論是自己或別人的身體都同樣是「物體」，同樣能以魔法復原。

不過，他的「重組」無法讓死者復活。生死是不可逆的連續現象，「死」是「生」的內在變化。對屍體使用「重組」只會得到一具毫髮無傷的屍體，死者不會復生。達也同樣知道這點。

例如心臟停止、腦死，甚至人頭落地，只要立刻施展魔法就能復活。即使是會當場死亡的致命傷，只要重建身體、恢復血液循環之後的存活機率不是零，他的「重組」就能延續生命。

但若已經確定死亡，就回天乏術。

如果當時沒趕上……這份恐怖足以令他陷入恐慌。包含自己的死亡在內，達也不會對其他事物真正抱持「恐怖」的情感（正確來說，是這種情感已被剝奪）。達也不知道其他恐怖為何物，因此失去深雪的恐怖，會無謂地強烈、深刻、大幅撼動他的心。即使表面看起來再怎麼鎮靜，他如今也基於這股反作用力而激昂不已。

由於其他情感沒運作，因此可以冷靜地、有效地，拋棄一切躊躇展開報復。

這就是「理性的狂亂」。

被唯一目的控制的瘋狂。

對方沒投降，使得他的這份瘋狂，貪婪地吞噬敵人生命。

潰敗的侵略軍，如今形容為戰線瓦解也不為過，但是侵略軍的指揮系統並未瓦解。

侵略軍指揮官判斷已經無法固守灘頭堡，下令撤退到海面。

侵略部隊的士兵們，爭先恐後地搭上登陸船。

這是為了逃離一步步確實逼近的魔神之手。

但他們不知道，死神正高舉鐮刀等待著他們。

侵略部隊忙於逃離而停止反擊，達也見狀也停下腳步。

恩納空降部隊像是忽然回想起自己的職責，布陣準備同時開火。

然而，在「開火！」的命令下達之前，達也釋放出一股扭曲景色的「力量」。

能夠釋放強大干涉力，甚至影響到視野——也就是光波的魔法師，並不是不存在。

真正優秀的魔法師使用力量時，除了意圖改變的事象，不會干擾到「世界」的運作，但熟練度不如魔法威力的優秀年輕魔法師，偶爾會改變預期之外的事象。不過，現在場中發生的現象，全是物理性質的次要副作用。

小型搶灘船連同收容的士兵，一起化為粉塵。景色之所以變得扭曲，是因為搶灘船某些部分化為氣體擴散，在空中形成密度不同的氣體層，引發光線折射的現象。

爭先恐後想搶搭下一艘船逃離的士兵，同時停止動作。

拍打水面的聲音，是敵軍將手上的武器扔到海裡的聲音。

水聲與敲擊地面的聲音，連鎖擴散。

白旗高高舉起。

大亞聯盟的海軍旗幟也同時高舉，這是以俘虜身分要求法律庇護的訊號。

達也身後下達的不是射擊命令，是待命射擊的命令。

達也見狀，將右手伸向舉白旗的旗手。

「笨蛋，住手啊！」

隨著這個聲音，達也旁邊伸出一隻手。

達也放下手臂扭動身體，試圖逃離這隻手。

然而，本應躲開的右手，被伸過來的左手穩穩抓住。

「敵方沒有繼續戰鬥的意圖！」

達也不用他人明講，也知道這種事。

制止達也的人同樣戴著全罩式頭盔，所以看不見長相，但達也沒聽過這個聲音。

至少不是風間上尉或真田中尉。

不過，即使風間出面阻止，達也依然不想停止殲滅敵人。

既然敵人想投降，就在投降成立之前，在確認對方放棄繼續戰鬥之前殺光。

幸好敵軍還有人沒放下武器。

「我叫你住手！」

然而，達也無法扣下ＣＡＤ的扳機。

視野忽然旋轉，失去分解對象的座標。

背部遭受強烈衝擊。

達也發現自己被摔在地上。

他立刻要起身，卻認知到身體已經被壓制。

「繼續打下去是屠殺，不准你這麼做。」

手槍抵在達也頭盔的鼻尖。

「特尉，冷靜下來。柳也收槍。」

達也對這個聲音有印象，也記得「特尉」這個稱呼。一般民眾不能實際上戰場，因此達也得到這個階級以便出動。給他這個階級的不是別人，正是這個聲音的主人——風間上尉。

「特尉，還記得你出動時答應的條件吧？」

達也當然也記得這件事。

沸騰的意識稍微冷卻。

戰意維持原樣，破壞與殺戮的慾望縮減。

「是。」

達也如此回應，手指離開ＣＡＤ扳機，柳見狀也不再以雙手與膝蓋壓制他。

◇◇◇

登陸部隊投降之後，不只是直接負責解除對方武裝的風間部隊，出動迎擊的其他部隊也洋溢安心感。即使某方面來說在所難免，但他們也稍微太早下定論。

「司令部通告！」

通訊兵跑到風間身旁。他脫下頭盔的臉蒼白而緊繃。

「船艦正從粟國島北方接近，推測是敵方艦隊的機動部隊！高速巡洋艦兩艘、驅逐艦四艘！我軍來不及迎擊！推測二十分鐘後進入敵方艦砲射程！上級指示盡快離開海岸區域！」

通訊兵講得很快卻有些口齒不清，但這個壞消息也令人覺得他這樣在所難免。

「通訊機借一下。」

風間以相較之下沉穩許多的聲音下令。

「是！」

通訊兵的音量大到無謂。

負責解除敵軍武裝的隊員，也屏息注視他們的隊長。沒有敵兵趁機逃亡，是達也感到很遺憾的一件事。或許是他毫不隱瞞殺氣，所以沒有敵兵反抗也說不定。

「我是風間。魚雷艇呢……反艦戰機也沒餘力啊。俘虜如何處置？……我明白了。」

風間拿開通訊機，吸一口氣之後說道：

「推測二十分鐘後，本地點將進入敵艦砲有效射程！全員帶俘虜到內陸區域迴避！」

達也懷疑自己聽錯了。

沒有移動用的車輛，又帶著比己方還多的俘虜，在短短二十分鐘內究竟能逃多遠？

脫下頭盔的風間，臉上沒有苦惱或懊悔。指揮者的堅定威嚴，打造出一副鐵面具。

然而無須心電感應就明白，他很不願意依照命令帶俘虜移動。

「特尉，你先返回基地。」

簡短指示的聲音更加沒有情感，證實了達也的推測。

至少達也如此認為。

風間使用「返回」這個詞，代表的意思卻是「逃回」。

「知道敵方巡洋艦的正確位置嗎？」

達也沒有點頭回應風間的指示，而是戴著頭盔如此詢問。

「這部分已經掌握……真田！」

風間沒問原因。

相對的，他呼叫背著戰術情報終端機的部下前來。

「已經和海上雷達連線。要傳送到特尉的護目鏡嗎？」

「在那之前……」

達也打斷真田對風間的詢問。

「您上次所展示，內藏射程延伸術式的武裝演算裝置，請問有帶來嗎？」

真田打開護目鏡，和風間相視。

風間點頭回應，真田將視線移回達也。

「不在這裡，不過就放在直升機上，五分鐘就能……」

「方便請您盡快拿來嗎？」

真田還沒說完「送到」這兩個字就被打斷，達也以少年特有的急性子如此要求。

然後達也面向風間，從遮住臉的頭盔拉出有線通訊用的傳輸線遞出去。

風間只有稍微蹙眉，不發一語就再度戴上頭盔，同樣拉出傳輸線以端子連結。

『在下有破壞敵艦的手段。』

在部下面前進行的悄悄話，以出乎意料的驚爆發言開始。

『不過，在下不希望被部隊的大家看見。可以請您留下真田中尉的演算裝置，然後讓大家離開這裡嗎？』

風間看不見達也的表情。

聲音也無法經過有線通訊清楚傳來。

風間判斷的材料只有達也的語氣，以及短時間相處至今解讀到的為人。

『……好吧。不過，本官與真田要在這裡見證。』

『……我明白了。』

撤退的部隊要由誰指揮？達也如此質疑，卻重新認定這不是自己該思考的事。

風間指示撤退，並且將指揮權轉移給剛才摔倒達也的軍官——柳。達也在他旁邊，一心一意地等待武裝演算裝置送達。

◇　◇　◇

防空指令室的螢幕，也映出迎擊部隊匆忙撤退的光景。

以整面窗戶播放影像的深雪母女等人，當然也看見這一幕。

部隊開始帶著俘虜移動時，場中有三個人影毫無動靜。指令室內議論紛紛，隔著玻璃也聽得到某人怒罵那些笨蛋是誰。

看著影像的深雪倒抽一口氣。

因為三人之中，有一人是她的哥哥。

不用問姓名也知道，不用看識別訊號也知道。即使深色護目鏡遮住臉，深雪光從體格判斷就不會看錯。

管制員反覆以通訊機呼籲撤退，掛少校階級的男性將官以十萬火急的表情要求某處（大概是九州）基地支援。

面對這幅光景的深雪咬緊牙關。櫻井光是看她的側臉，就非常清楚地知道她其實想說什麼、想做什麼。

她覺得深雪好可憐。

明明年僅十二歲，卻無法說出想說的話。「拜託去幫哥哥」這個別說任性，甚至是基於人性理所當然的想法，深雪也無法說出口。

櫻井不曉得達也為何留在原地。

不過，她推測得到。

達也恐怕擁有某種手段，可以應付接近中的敵方艦隊。

一般來說這不可能，但四葉直系魔法師在特定領域展現突出能力，或許做得到。

因為達也即使無法使用普通魔法，依然能使用「修復整具人體」這種超乎常理的魔法（但依照深夜的說法，那似乎不叫魔法），而且使用的對象不是別人，正是櫻井。

但達也在「魔法師」的標準，只具備微薄的能力，這也是毋庸置疑的事實。即使是具備平均技能的實戰魔法師能正常施展的反物質護壁，他也無法充分施展。

剛才他只是將槍彈、砲彈視為個體或群體，總之識別一切並且消除，以像是挑釁人類極限的高超技術癱瘓敵方攻擊。櫻井不曉得這是怎麼做到的，也覺得這樣很厲害，但如果達也要在幾十公里遠的位置，施展癱瘓敵方艦隊的魔法（如果辦得到，這就相當於戰略級魔法了），他應該無法以剛才的方式自保。

「夫人，屬下有個請求。」

櫻井想到這裡時，這句話下意識脫口而出。

「什麼事？」

即使事出突然，深夜的聲音也絲毫沒有突兀之處。

語氣聽起來，彷彿已經知道櫻井的「請求」。

「屬下想去迎接達也。」

盯著螢幕的深雪猛然轉身。

她看著櫻井的雙眼大大睜開。

「意思是……妳現在就想去接他？」

深夜的語氣聽起來，果然沒有意外感。

她的固有魔法是精神干涉，但沒有讀心能力才是。

或許夫人也……這種如意想法掠過櫻井腦海，她立刻從意識裡趕走這個想法。

「是的。」

「穗波，妳是我的護衛吧？」

妳要離開我身旁？這是深夜的言外之意。

深夜理所當然會這麼問，但櫻井無法回答。

「……對……」「唉，算了。」

櫻井正要說出「對不起」——這句可以從兩方面解釋的謝罪時，深夜打斷她的話語，大方地點了點頭。

「要是不管敵艦，也無法確定這座基地的安全。達也似乎想用那個，妳去幫忙吧。」

「那個？」

這是反射性的詢問。

看來深夜知道達也想做什麼。不過重新想想，深夜是母親，知道或許也理所當然。

「只是知道理論上可行，未曾實作才對。那孩子還算機靈，應該有自己的想法吧。」

深夜說得像是一點都不在意。

但櫻井認為，這位母親是在炫耀自己的兒子。

「感謝夫人。」

櫻井抱持著但願如此的想法，恭敬地低頭致意。

◇ ◇ ◇

長達二十年的上一場大戰期間中，戰艦的主武器從艦載飛彈改為電磁彈射砲（當初叫作磁軌砲，不過在規格加大之後改名）。

現代的艦砲射擊，是以電磁彈射砲連續發射炸彈。不只連射性能遠勝過火藥砲，也免於載運沉重的推進劑與推進裝置，因此能裝載的炸彈量比飛彈多。不過射程距離和火藥砲相同，甚至略遜一籌。這是因為電磁彈射砲重視連射性能，若要維持連射性能增加射程，將無法忽視反作用力對艦身的負面影響。

最新型戰艦的對地攻擊力，號稱是百年前的十倍以上。只要進入電磁彈射砲的有效射程，一艘戰艦就能將都市化為火海。

不只是攻擊市區，彈射砲的連射性能用來攻擊陣地也很有效。要是兩艘巡洋艦集中砲擊，普通等級以下的魔法師毫無招架之力。

達也也知道這是和時間賽跑。附加射程延伸術式的武裝演算裝置——內藏特化型ＣＡＤ的大

型狙擊槍送達之後，達也抽出彈匣，進一步迅速取出裡面的子彈。

他以合掌般的動作，用雙手逐一拿起每顆子彈，再度裝入彈匣。

旁觀的風間他們，完全不曉得這是在做什麼。他們只勉強感受到某種強力魔法在作用，卻無從推測是何種術式在運作。

即使是風間他們以外的人，應該也不曉得吧。若有魔法師毫無預備知識就看出達也正在做什麼，反倒令人驚奇。

達也進行的程序，是將槍彈分解成元素一次，然後重組回原形。

五顆子彈全數裝回，共計花費兩分鐘。

「預測敵艦十分鐘後抵達有效射程範圍。」

達也將武裝演算裝置準備完成時，真田告知所剩時間。

「敵艦在正西方左右的方位，以時速三十公里航行……打得到嗎？」

「只能試試看。」

達也如此回應真田的詢問，以仰角四十五度架起武裝演算裝置。

這是忽略風的影響，總之盡量拉長射程的架式。

達也以這個姿勢展開魔法式。

槍口前端展開管狀虛擬領域。

是提高管中物體速度的虛擬領域魔法。

製作虛擬領域花費不少時間，不過構築完成的虛擬領域尺寸，使真田滿意地點頭。

具備加速效果的虛擬領域越長，延伸射程的效果越好。如果是這個長度，射程或許可以達到三十公里。

然而，達也展開的魔法不只如此。

物體加速的魔法領域前方，出現另一個虛擬領域。

「什麼……？」

物體加速虛擬領域的作用工序共三道：

一、物體入侵領域時，降低表面上的慣性質量。

二、提升速度。

三、恢復表面上的慣性質量。

操作慣性質量與速度的倍率，是魔法師要輸入的變數。

達也現在追加的這個虛擬領域，基本性質也是如此。

然而，他將慣性質量操作的倍率指定為正數，速度維持等倍，使慣性質量復原無效。

換句話說，達也追加的虛擬領域，是將真田設計用來加速的虛擬領域魔法，改編為增加慣性質量的虛擬領域魔法。

而且是即興完成。

「這少年做的事情真令人難以置信……」

真田的細語，被狙擊槍的開槍聲蓋過。

達也注視著近海，如同以目光追蹤不可能看見的超音速子彈。

最後，他失望地搖了搖頭。

「……不行，只射到二十公里遠。」

不曉得他用何種方法追蹤彈道。

達也語氣平淡，但果然很失望吧。或者是覺得自己不中用。

「只能等待敵艦接近到二十公里內。」

聽到這句話的真田臉色大變。

「可是這麼一來，我們這邊也會進入敵方射程範圍！」

巡洋艦搭載的電磁彈射砲，有效射程是十五到二十公里。彈射砲的射程距離受限於艦艇容許的反作用力，也就是受限於艦艇形狀與體積，因此即使由不同船廠打造，也幾乎可以根據艦種進行精準預測。

二十公里內正是射程範圍。

「在下明白。請兩位回基地吧，這裡留在下一個人就夠。」

「說這什麼傻話！你也要回去！」

這裡是敵方選為灘頭堡的地點，也是最後和敵方交戰的地點。

敵方幾乎肯定會攻擊此處。

能從敵艦射程範圍外攻擊就算了，但要是相互開火，己方的存活機率低到絕望。

「但要是不擊毀敵艦，基地很危險。」

同時，基地裡的家人也很危險。

「既然這樣，至少換個地方吧。」

達也的執著，以及他想要保護的對象，兩人並非無法理解。

「不行。來不及從現在尋找射擊位置。」

不過真田的提議，被他自己也明白的這個理由駁回。

「無法由我們代替嗎？」

默默聆聽兩人交談的風間，以低沉聲音詢問達也。

「不可能。」

得到的是正如預料，無從妥協的回覆。

「那麼，我們也留下來吧。」

但風間的回應出乎預料。

達也沒想到風間下一秒做出的是這種回應。

「……要是在下失敗，將會殃及兩位。」

「沒有任何作戰可以百分之百成功，沒有任何戰場毫無戰死的危險。若勝敗乃兵家常事，生死即為士兵常事。」

風間如此回應，毫無逞威風的感覺。

和《葉隱》知名章節的道理相通的這句話，威力足以令達也放棄說服。

海岸線冒出水柱。

敵方正在試射艦砲。

達也、風間與真田已不發一語。

護目鏡顯示敵方的正確位置。

風向與風速等影響射擊的要素，也以數字字串顯示。

達也架起武裝演算裝置。

彈道射擊——以距離為最優先考量，交由機率決定是否命中的射擊架式。

考量到子彈飛行與落下的時間，對方已經位於射程範圍。

達也發動虛擬領域魔法，連續扣了四次扳機。

槍口在四槍發射前都稍微移動，彌補海風造成的瞄準誤差。

不過，彈道射擊的瞄準，從一開始就等同於不存在。即使幸運女神站在自己這一邊，子彈頂多只會落在敵艦上——而且，達也一開始就不介意這種事。

達也在腦中追蹤四顆槍彈的動向。

正確來說，是透過意識領域與潛意識領域，追蹤情報次元顯示的槍彈情報。

那是達也親自以專屬魔法分解、重組的槍彈。

即使距離多遠，他也追蹤得到構造情報。

四顆槍彈的其中一顆，朝敵方艦隊中央落下——達也捕捉到這個「情報」了。

達也光是追蹤槍彈去向就沒有餘力。

風間與真田遠離達也，以免妨礙他行使某種大規模魔法。

所以面對理所當然預料得到，而且早已預料到的這個事態，只能以兩人的魔法應付。

敵方已經試射完畢。

那麼，接下來就是修正彈道之後的砲擊。

炸彈發射的彈道低於達也的射擊，因此比達也的槍彈更早襲向他們。

風間是古式魔法術士，對物體的干涉力不強。不對，甚至算弱。

真田本質不是魔法師，而是魔工師，即使對物體的干涉力夠強，速度也跟不上。

這樣下去，在達也擊破敵方艦隊之前，己方這邊就會達到極限——

「我來掩護！」

一個騎機車的人影，來到炸彈如雨下的現場。

身穿女性裝甲服的騎士，扔下機車就隨即如此大喊，全身迸發想子光。

專注準備以魔法殲滅敵方艦隊的達也聽到這個聲音時，內心一角驚訝又安心。

驚訝的原因，在於櫻井離開母親身邊。

安心的原因，在於他可以在櫻井的庇護之下，專心發動術式。

調整體魔法師——「櫻」系列。

其特性在於強力的反物質、耐熱防禦魔法。

雖然無法使用傳聞中十文字家「連壁方陣」那種需要高度技術的魔法，但如果單純只看反物質、耐熱魔法的防禦力，在國內魔法師之中是首屈一指。

其中，櫻井穗波從少女時期，就發揮出類拔萃的能力。

她也因此獲選保護那位，唯一能使用精神構造干涉魔法的寶貴魔法師。

位於命中軌道上的砲彈被打落海面。

砲擊沒能打中陸地。

抵銷動能的魔法，接連在數百公尺前方發動。

達也以肉眼看著這一幕，以心眼看見槍彈到達敵方艦隊正上方。

達也伸直右手向前，朝著西方用力張開手掌。

於是槍彈被分解為能量。

這是質量分解魔法——「質量爆散」首度用於實戰的瞬間。

地平線的另一頭出現閃光。

覆蓋天空的雲反射白光。

明明距離日落時間還很久，西方地平線卻耀眼閃亮。

轟聲大作。在場沒人誤以為這是遠方的雷聲。

是所有燃油與炸藥引爆不久後就同時爆炸的聲音。

敵方不再砲擊。

傳來一陣毛骨悚然的鳴動。

「是海嘯！迴避！」

風間放聲大喊，匆忙抱起忽然癱軟倒下的櫻井奔跑。

真田跨上機車，來到飛也似地奔跑的風間身旁。

達也跨坐在後座。

風間抱著櫻井縱身一躍。

他以近乎特技的身手站在機車龍頭。不對，這應該超過特技水準。

軍用機車發揮強大馬力，載著明顯超過限載人數的重量威猛奔馳。

地平線另一頭的暴風平息，波浪消退。側目看著這一幕的達也，跪在高臺地面。

他的面前是虛弱地橫躺的櫻井。

脫下頭盔的達也，臉上確實充滿哀傷的情緒。

「……達也，沒關係。這是既定的壽命。」

達也受到無力感的苛責，面對無法拯救的生命，被理應早就失去的情感折磨。櫻井朝他投以無力、潔淨的微笑。

「這不是你的錯。我們調整體隨時耗盡生命也不奇怪。」

達也很想反駁。

調整體魔法師的壽命，確實比普通人不穩定，但她的衰弱明顯來自短時間內連續行使大型魔

法的負荷。即使是「櫻」系列，要完全擋下連續齊射的艦砲也負擔過重。

不過，櫻井不希望達也說出這種事。

達也如此心想，咬緊牙關。

「這真的不是你的錯。在我出生之前，就背負著保護他人的職責。而我在今天完成、結束這項職責了。」

然而，櫻井似乎看穿了達也的想法。

「我不是受到任何人指使，是以自己的意志完成這項職責。」

達也想使用「重組」，卻立刻發現只會徒勞無功。

即使他的能力可以回溯物質的時間，也無法倒轉生命的時鐘。

「別這樣，好嗎？」

櫻井似乎有所誤會，以撒嬌般的聲音與微笑，向達也低語。

「至今完全無法自由選擇生存方式的我，得以自己選擇葬身之所。我不打算放過這個機會。這麼一來，我就能以人類的身分，而不是以人造道具的身分死去。」

達也作夢也沒想到，她內心藏著這樣的陰影。

不過，他自己也出乎意料地不感驚訝。

「所以，讓我就這樣死去吧，好嗎？」

達也默默點頭回應櫻井這番話。

櫻井以放心的表情閉上雙眼。

就這麼停止呼吸。

站在旁邊的真田為她誦經。

風間將手放在達也的肩膀上。

達也任憑這隻手放在他的肩膀上起身。

他的雙眼沒有流下淚水。

達也內心的哀傷情感，被刪除到不可思議的程度。

他聽完櫻井穗波的遺言，認同這是無須哀傷的事。

——只因為認同就能消除哀傷，其實有違常理。但這時候的達也並不知情。

[17] 西元二〇九五年十一月六日／四葉本家日光室

或許是因為今天發生的許多事，都令人回想起三年前的往事。

達也久違地回想起櫻井穗波。

那是一段伴隨後悔的回憶。

達也並非沒想過，現在的他或許能阻止這個悲劇。

但如今只能後悔。他明白這件事，也能接受。

何況如果沒有她的犧牲，達也或許不會想加入獨立魔裝大隊磨練魔法戰技。

本次的事件沒有任何人犧牲就結束。

達也得以安慰自己，這三年來的努力沒有白費。

同時也在心中，對三年前為了保護他而犧牲的櫻井默哀。

——他也因此更為驚訝。

達也看見這位端茶點過來的少女，差點驚叫出聲。

「……請問怎麼了？」

「不，沒事。」

這名少女詢問的對象是深雪。

深雪的驚訝程度更勝於達也。

這也在所難免。

身穿侍女服的少女長相，和櫻井穗波一模一樣。

少女和同事離開沒多久，真夜就來到日光室。

葉山沒隨行。

代表這個茶會是私人場合。

達也獲准就座，也是基於相同理由。

「深雪，怎麼了？看妳似乎嚇了一跳。」

真夜一坐下，就以擔心的表情詢問深雪。

相較於和達也對峙時判若兩人，是「一如往常」的四葉真夜。

「沒事……姨母大人，剛才的女生是？」

「啊，妳說水波？」

真夜聽到深雪的詢問，像是知曉原因般點頭。

「她的全名是櫻井水波，是櫻系列的第二代。從基因層面來說，是擔任你們母親守護者那位櫻井穗波的外甥女。」

所謂的第二代，是調整體魔法師生下的後代。

形容為「基因層面的外甥女」，代表生下水波的第一代個體，和穗波擁有相同基因。

難怪長相如出一轍。

「她的本事也很好喔，潛力應該匹敵七草家的雙胞胎。我正在鍛鍊她，以便將來擔任深雪的守護者。因為妳長大成人之後，有些狀況非得需要女性護衛。」

深雪姑且認同真夜的表面說法。

深雪是女性，如果只有達也這名男性護衛，有時候確實不方便。

不過，達也剛才得知真夜真正的想法之後，已經進一步下定決心，面對總有一天可能來臨的決裂與衝突。既然真夜企圖拿長相和「她」相同的少女當道具，雙方就更無法相容。

——不過，決裂或衝突都不可能存在。現在的達也無從得知這一點。

【18】西元二〇九二年八月十七日／沖繩那霸機場

我聆聽飛機抵達的廣播，回想起六天前的事。

櫻井小姐去支援哥哥後，沒人操作螢幕，因此我也只能從新聞播放的影像得知後續。

地平線忽然出現比太陽眩目的光輝。

敵艦在光輝中消失。

海灘在湧現的浪濤沖刷之下改變地形。

勝利的凱歌。

這是世間和我們共享的戰爭結果。

有一件事實並未和世間共享，只有我們知道。那就是──消滅敵軍的那道光芒，是來自於哥哥的力量。

使用將質量轉換為能量，以龐大能量燒盡一切的戰略級魔法「質量爆散」這個魔法的戰略級魔法師。這正是哥哥真正的力量、真正的身分。

哥哥是擊退敵軍的英雄。

此外，還有一個只有我們知道的悲傷消息。

後來櫻井小姐沒回來。

櫻井小姐的遺體在犧牲者的聯合葬禮中火葬，並依照她的遺言，將骨灰灑入海中。

讓櫻井小姐回到慈母大海的人，是哥哥。

哥哥絕對不會露出難受的表情。

他溫柔安撫哭成淚人兒的我。

哥哥不悲傷嗎？還是無法悲傷？

不，我不在乎答案是什麼。

因為我決定了。

我看著櫻井小姐逐漸化為骨灰，學習到一件事。

我在當時已經死過一次。

我失去母親所賜的生命，由哥哥授與新的生命。

所以，我的一切屬於哥哥。

「深雪，該上機了。」

「是，哥哥。」

在哥哥呼喚之下，我從休息室沙發起身。

即使我以尊敬的語氣稱呼「哥哥」，母親也已經面不改色。其實她應該覺得不是滋味吧，但是在這方面，我也已經不在乎母親的感受。

哥哥依然負責搬運所有人的行李，依然獨自坐在經濟艙，但我也不在意了。

因為，哥哥說他想這麼做。

哥哥的意志至高無上。

我牽著身體狀況不佳的母親，跟在哥哥身後。

現在還傳達不出這個聲音，無法傳達這段話語。

不過，我已經下定決心了。

——哥哥，即使是天涯海角，深雪都會陪伴在您身旁——

The irregular at magic high school

不可侵犯之禁忌

——西元二〇六二年的惡夢——

四葉家長女四葉深夜，正從自己臥室的窗戶仰望西方天空，可愛的臉蛋蒙上一層陰影。她現年十二歲，今年四月剛成為國中生，但她的表情悲痛得和年齡不符。

她擔心的對象，是下落不明的雙胞胎妹妹四葉真夜。三天前，真夜前往臺北，參加國際魔法協會亞洲分部主辦的青少年魔法師交流會時遭到不明人士綁架。在眾人眼中，這顯然不是莫名失蹤，而是暴力性質的綁架。因為和真夜一起造訪臺灣的七草弘一，和綁匪交戰之後受到重傷。他不只是右手右腳裂傷加骨折，還失去了右眼。

弘一的狀況也令人擔心。因為弘一是妹妹的戀人暨未婚夫。但是比起身負重傷依然逃離綁匪的弘一，深夜當然更極度擔心被歹徒綁架的真夜。何況老實說，深夜對弘一抱持的憤怒與憎恨，遠大於擔心他的心情。因為他不中用到害得妹妹被抓走，只有自己厚著臉皮回來。

深夜明白這不是弘一的錯。對年僅十四歲的少年要求到這種程度很過分。而且從狀況來看，歹徒的重點是真夜，弘一反倒是受到綁架真夜的計畫波及，永遠失去一顆眼睛。但深夜的年齡沒成熟到能用理性說服感性。在還沒查明綁匪真面目的現狀，她沒發洩情緒就無法維持正常。

忽然間，真夜察覺走廊傳來慌張氣息。在敲門聲響起之前，她便轉身面向房門。

「抱歉，打擾了！」

深夜值班的女侍，以慌張的聲音在門後這麼說。這三天，深夜在宅邸各處都聽得到狼狽、驚慌的聲音，但現在的聲音不太一樣，隱含像是希望的要素。

「請進。」

門在深夜回應的下一秒開啟。即使如此，在四葉本家服務的幫傭，也不會失禮到忽然衝進房間，而是在門框前方迅速鞠躬致意。但她以難掩焦慮的表情抬起頭，同時跑向深夜。

「聽說真夜大人獲救了！」

深夜聽到這句話的瞬間，意識漂白成純白。深夜完全不記得自己後來做了什麼。回過神來，她已經在詢問自己的父親，也就是四葉家當家——四葉元造。

「父親大人！聽說找到真夜了，請問是真的嗎？」

這裡是家族主要成員開會時使用的談話室。深夜在叔父、姨母以及其他年長親戚的注視之下詢問父親。

「真的。是重藏剛才回報的消息。」

「黑羽舅父大人說的？」

深夜聽完露出鬆一口氣的表情。黑羽在四葉一族之中，是統管諜報部門的分家。黑羽重藏是該分家的當家，也是元造的妹夫。既然是重藏的情報，就沒有質疑的餘地。

但深夜立刻回想起自己憤慨的原因，再度質詢父親。

「您為什麼沒告訴我？」

「我聽不懂妳的意思。我不是像這樣率先告訴妳了嗎？」

「請不要打馬虎眼！既然是在今天救出真夜，您至少在昨天就知道歹徒的真實身分了吧？您為什麼沒告訴我？」

「因為告訴妳也沒意義。」

「什麼……？」

「告訴妳也沒意義。難道說，妳能協助拯救真夜？」

「這……」

深夜懊悔地咬著嘴唇。深夜確實還是孩子，她自己也理解這一點。即使得知真夜被綁架到哪裡，她也做不了任何事。即使如此，她還是希望基於親情，請父親早點告知妹妹的下落。這種想法難道是錯的嗎？這份不滿席捲深夜的心。

「之所以沒告訴妳，是因為我認為這樣比較好。」

然而，父親接下來這段話，使深夜的不滿被名為「不祥預感」的濃密烏雲所逼退。

「不過，現在沒辦法這麼說了。深夜，做好心理準備。」

父親即將告知某個壞消息。真夜發生了某件不祥的事情。並非預感，而是確信，撼動著深夜的心。想摀住耳朵的衝動襲擊深夜內心，但她依照父親吩咐鼓起勇氣，等待接下來的話語。

「發現真夜的地點是泉州。」

「在大漢……？」

大漢是世界連續戰爭爆發沒多久，中國南半部分離獨立而成的國家。統治中國大陸北部與朝鮮半島的大亞聯盟，兩年前占領對馬長達半年。在那之後，日本與大漢即使不到結盟的程度，依然將大亞聯盟視為共同敵人，維持軍事上的合作關係。

「真夜被囚禁在泉州的崑崙方院分部研究所。」

深夜的臉色迅速鐵青。崑崙方院是大漢的魔法師開發機構。和四葉所屬，如今成為實質擁有者的第四研究所，在不同層面是負面傳聞不斷的地方。女性尤其不忍正視該處的傳聞。

「真夜受到重傷。身體傷勢很嚴重，但心理創傷更令人擔心……」

至今平淡述說的元造，語氣在此時失常。如同咬牙切齒、強忍嗚咽的聲音混入話語。無法克制咬牙切齒的憤怒、嗚咽湧上喉頭的悲傷，使深夜預料到最壞的事態。

「真夜在崑崙方院，被當成人體實驗的對象。」

「怎麼這樣！」

「是製造魔法師的實驗。不只是醫學實驗，還實際——」

「夠了！」

即使下定再多決心也無法繼續承受。她傷心過度，無法繼續聆聽妹妹受到的折磨。

深夜含淚狠瞪父親，接著驚覺般睜大雙眼，淚水順勢從她的雙眼滑落。父親的雙手指甲插入手心，流下鮮血。

深夜轉過頭去。轉頭見到的是叔父。叔父眼中充滿憤怒。她看向另一邊，輩分是父親表弟的人，雙眼蘊含憎恨的火焰。

「深夜，有件事只有妳做得到。」

「——請說。」

深夜反覆地深呼吸，令心情平復。所有人都為了妹妹而憤怒，這成為些許救贖，協助她勉強維持正常。

「真夜如今封閉了內心，就這麼睜著眼睛，任何人叫她都沒反應。她不以自己的意思做任何事，治療傷勢的時候也是任憑處置。」

深夜緊咬牙關，藉此克制想要放聲大喊的心情。

「深夜，以妳的魔法，剝奪真夜心中關於這三天的實際感受。」

深夜閉上雙眼，大口進行一次深呼吸。

「如果做得到，我也想這麼做。」

深夜的語氣平坦、缺乏情感。她扼殺情感才終於開口回答。

「不過，我的魔法是精神構造干涉。是干涉精神的構造，不是剝奪記憶。」

深夜回答自己沒有剝奪記憶的能力。

「我不是要妳剝奪記憶。即使剝奪記憶，要是她將來知道自己發生過的事情，沒人確定她是否還能維持正常。這樣就像是抱著一顆不定時炸彈。」

不過，元造也知道深夜沒有操作記憶的能力。他明知如此，依然對深夜下令。

「不是剝奪記憶，是將記憶從情感隔離。將『情節記憶』改變為『語意記憶』，避免她接受人體實驗時的記憶和真實情感連結。」

不是剝奪記憶，而是剝奪實際感受。

「可是父親大人，我無法操作到這麼細膩。即使我能夠將真夜的『情節記憶』全轉換為『語意記憶』，卻無法只抽取這三天的記憶改變為『語意記憶』……我無法干涉『記憶』本身，所以這件事我做不到。」

深夜回應之後移開目光。她以超脫孩童層次的洞察力，理解父親這道命令的效果，也因而懊悔自己的能力不足。

「那就把真夜的『經驗』全改變為『知識』。」

「怎麼這樣！」

深夜以無法置信的眼神瞪向父親。但元造承受女兒極度批判的視線也絲毫不為所動。

「深夜，我理解妳的心情。奪走真夜的回憶，我也抱持遺憾與罪惡感。但要是維持現狀，真夜的心將會決定性地損毀。」

「真夜明天就會回到這座宅邸。深夜，妳看過回家的真夜再自行決定吧。無論妳做出何種結論，一切責任由我來扛。」

「…………」

深夜默默地行禮致意，從父親面前離開。

深夜離開之後，元造環視留在談話室裡的族人。

所有人點頭回應元造。

「對方是大漢魔法研究的大本營，我們只不過是眾多研究所之一──第四研的作品，人數就相差許多。」

元造先說明己方絕對不利的條件。崑崙方院從南北分裂前，就是大陸現代魔法研究中心。崑崙方院投靠大漢，使大亞聯盟幾乎失去所有現代魔法的知識技術。因此大漢即使規模處於絕對性劣勢，依然能和大亞聯盟抗衡。說穿了，崑崙方院是大漢軍事力的核心。

「但我無法坐視他們對我們所做的野蠻行徑。我們即使是兵器也不是奴隸，更不是家畜。因此我們將這間打造我們的研究所占為己有。」

元造暫時停頓，場中所有人再度點頭。

「這是私人恩怨。是女兒遭玷汙的父親要報仇雪恨。但是不只如此。我想讓那個將魔法師視為奴隸、家畜的愚蠢『國家』，見識我們的志氣。」

「元造閣下。」

開口的是元造的伯父，在席上屬於最年長的世代。

「我不認為這次事件是發生在真夜個人身上的悲劇。這次事件侮辱了我們四葉一族所有人，踐踏了我們的尊嚴。」

「表哥閣下。」

接著要求發言的，是比元造年輕十歲的表妹。

「我也有女兒，所以我不認為這次事件和我無關。我的女兒還沒上學，但是想到那孩子的將來，我就無法坐視這種蠻橫的悲劇。」

「我們是兵器，也是刺客。」

末座有人發言。

「我們提倡人倫應該是錯的。把我們當研究對象的那些傢伙，肯定在地獄深淵嘲笑我們亂講話。但他人的看法一點都不重要！」

眾人投向元造的眼神，蘊含理解與同意。

「當家，請您下令！命令我們為令嬡報仇！」

「年輕人，節制一點。」

這個聲音來自元造身旁。

「派你這種不成熟的傢伙去，肯定只會枉死。兄長，請先命令愚弟我吧。讓大陸那些傢伙見識地獄吧。」

「元造閣下，我們的心情和您相同。」

「綁架真夜的相關人員非得一死。」

「成為凌辱者黨羽的大陸魔法師非得毀滅。」

「我國政府那邊，就請交給我處理。我會讓那些吵著維持外交或軍事協助的傢伙，立刻閉上嘴給您看。」

元造向集結於場中的眾人，深深低頭致意。

接著，他抬頭宣布：

「敵人是崑崙方院以及大漢政府。我們四葉將傾盡全力消滅敵人。」

◇　◇　◇

「……真夜……真夜……」

這是呼喚自己的聲音。感覺好久沒聽到了，卻不知為何不感懷念。

睜開眼睛一看，這裡是熟悉的病房，以及懂事後就記憶在心裡的雙胞胎姊姊的臉龐。

「姊姊……這裡是第四研的病房？」

真夜說出的第一句話，使得深夜在安心的同時，露出差點掉淚的表情。

「對，真夜。感覺怎麼樣？會頭痛嗎？」

真夜聽到姊姊的詢問，露出疑惑的表情。

「不會頭痛……意識與記憶也很清晰。」

真夜說出「記憶」這兩個字，使得深夜繃緊表情。

深夜以害怕的眼神看著真夜，真夜則是詫異地仰望她。

「姊姊，我……被強暴了。」

真夜淡淡述說，深夜別開視線。

「我全身都被玩弄，連體內都被蹂躪。我全身上下所有地方，都被那些傢伙玷汙了。」

深夜雙手用力按在膝蓋，如同將自己的身體壓在凳子上，阻止自己起身逃走。

「我全部記得。可是，為什麼我連一點真實感都沒有？明明都發生在自己身上，卻像是在看電影，只覺得『好過分』或是『好可憐』。」

深夜無法抬頭看她。

「姊姊。」

真夜的眼神沒有從姊姊身上移開。

「妳對我做了什麼？」

「…………」

「姊姊。」

「……我讓妳的記憶變質了。」

可能是終於認命，深夜就這麼低著頭開始述說。

「人類的精神層面，有好幾種存放記憶的容器。每個人的記憶並非只有一種。而且，記憶己身經驗的容器，和經由文字、影像接收知識當成記憶儲存的容器不一樣。」

「我完全無法想像……但如果姊姊這麼說，應該就是這樣吧。」

即使在四葉一族，也只有深夜擁有的魔法——精神構造干涉。能改變精神構造的深夜，可以認知精神構造。這是只有她能理解的東西，但她確實理解無誤。

「我無法窺視容器裡的東西，不曉得各容器存放什麼樣的記憶。我只知道，容器裡的記憶是『經驗』還是『知識』。」

「……所以呢？」

在這個階段，真夜已經隱約猜出姊姊想說什麼，但她讓深夜自行述說。

「真夜，我並不曉得妳究竟經歷過什麼事，但我不必使用魔法，也知道妳的心即將崩潰。所以我——」

「所以姊姊做了什麼？」

深夜支支吾吾，是因為難以承受得說出真相。但真夜要求姊姊親口說出她做的事。

「……我將妳的『經驗』改成『知識』了。將儲存經驗的記憶容器，改成儲存知識的記憶容器……改造了妳的記憶形式。」

「這樣啊……」

真夜只是如此低語。

沒有責備深夜。

深夜戰戰兢兢地抬頭一看，真夜轉頭面向另一邊的牆壁。

「所以至今的我，成為單純的資料了。」

妹妹這番話刺入深夜內心。

「我至今的喜怒哀樂，全部成為資料了……」

即使如此，深夜還是不能逃離這裡。

「遭到綁架的記憶，我確實無法承受。要是維持那種狀況，我的心早就死了。」

「真夜……」

「所以，姊姊在那段凌辱記憶殺掉我之前，親手殺了我。」

「！」

深夜倒抽一口氣。

真夜再度看向深夜。

「就是這樣吧？人類是藉由經驗逐漸成形。有過去的自己，才有現在的自己。」

深夜想別開目光，但真夜的眼神不允許。

「經驗變成單純的知識，就代表過去將轉換為資料。將直到昨天的自己，變成自己以外的東西，從自己的內部消除。對吧？」

真夜的視線深深貫穿深夜的心。

「姊姊殺了昨天之前的我，對吧？」

深夜從凳子起身，轉身拔腿跑向房門。

從真夜面前逃離。

沒能道歉。

也沒受到感謝。

甚至無法共同落淚。

——兩人的羈絆在這一天斷絕，再也沒有挽回的機會。

◇◇◇

接下來的半年，崑崙方院與大漢政府過著惡夢般的每一天。

某間研究所的所員與所屬魔法師，在一夜之內全被勒死。

某座軍事基地，忽然發生自相殘殺的慘劇，最後存活的一人飲彈自盡。

政府軍政機構所在的大樓，遭受自軍戰機撞毀，無人生還。

某研究設施內部的所有人缺氧窒息而死。政治家私下使用的祕密聚會場所，發生所有人離奇遭到刺殺的命案。大漢政府的重鎮剛好在案發當天齊聚該處。

完全查不出凶手的線索。在這些案件之中，確實存在著成功打倒凶手的案例，卻沒有留下屍體。凶手的痕跡毫不例外消失得乾乾淨淨。

真的是惡夢。

第一樁離奇案件發生的半年後，夢魔終於現身。

崑崙方院所有分部與辦事處都遭到了摧毀，唯一剩下的只有總部。三名魔法師攻入大漢魔法師固守的要塞。

僅僅三人。相對於此，部署於崑崙方院的魔法師共三百人。曾經誇稱規模三千人的大漢魔法連隊，在成員死亡或逃亡的現在減少到十分之一。

「我是四葉元造。」

眨眼之間砍殺正門警備魔法師的壯年男性，以日文如此自稱。

聚集在總部裡頭的研究員、魔法師，以及前來避難的掌權人士們，全部都目不轉睛地看著畫面裡的元造。

「我基於私怨前來雪恨，你們都得沒命。這是為我失去未來的愛女報復。」

元造告知之後，以刀子朝監視器橫砍。

觀看影像的五百人同時按住脖子。他們遭受人頭落地的幻影襲擊，確認腦袋還在之後鬆了口氣。眾人以放鬆的心情移回視線時，畫面已空無一人。

創造四葉一族的第四研究所，研究主題是「利用精神干涉魔法改造精神，藉以賦予或提升魔法能力」。基於這個目的，第四研首先召集了擁有精神干涉系統異能的人。其中有人是能完全重塑他人人格的真正異能者，也有只能展現海市蜃樓般幻影的騙人幻術師。強化、篩選這些精神干涉異能者的能力，再以這些能力直接改造受測魔法師的魔法演算領域——這就是第四研採用的魔法師開發程序。

以這種方式完成的「四葉」，必然包含兩種系統的魔法師。一種是天生強化精神干涉系異能力的人，另一種是天生具備強力特種魔法演算領域的人。這兩個系統並立、混合，成為「四葉」。即使是相同血緣的親人，這兩種性質也是隨機出現。例如深夜明顯繼承前者特徵，能使用她專屬的精神干涉魔法「精神構造干涉」；真夜則是後者的典型，雖然沒有精神干涉系統的能力，卻天生習得極為特殊的魔法。

現在進攻崑崙方院的三人，都是強力又獨特的精神干涉系魔法師。

其中一名術士使用的，是固定人類認知的魔法。他的魔法是以五官認知為媒介，植入「維持於某種狀態」的固定觀念，持續時間為九分鐘。舉個例子，某人目擊他躲在某個地方，無論是親眼看見或透過影像都無妨，一人看見或千人看見也無妨。術士以「看見他」的視覺情報為媒介使用魔法，中了魔法的人在這九分鐘內，絕對不會懷疑「他在掩體後方未曾行動」。即使他走出暗處，從容在對方眼前經過，中了他魔法的人依然會認定他躲在原處。即使響起響亮的警報聲，也不認為這聲音和他有關。

另一名術士使用的，是支配他人意志的魔法。持續時間最長一分鐘，目標人數最多七人，效果範圍最遠十二公尺。雖然受限於無法命令他人自殘，而且對魔法干涉力高於術士的對象無效，但一旦中了這個魔法，就絕對無法違抗他的命令。由於命令是以概念形式經由想子波傳送，因此可以隔著厚重牆壁下令，語言隔閡也不成問題。持續時間為十幾秒到一分鐘。能夠讓對方確實執行一項命令的這個魔法，據報除了日本還有兩個案例，並且被命名為「絕對命令」。

兩人的魔法相互搭配，使得他們輕易入侵這座化為要塞的研究所。刻意讓監視器拍攝，讓眾人看見他們立刻逃走的影像。令對方認定三名入侵者之中，除了元造的兩人都在研究所外面。接著再隔著門朝警衛下達「絕對命令」開門。開門之後，警衛當然已無用處。他們兩人反覆進行暗示與滅口行動，在九分鐘的時限內抵達目的地——警備管制室。

兩人立刻進行作業。他們擁有高超的精神干涉系魔法天分，相對的，在干涉物理現象的四大系統魔法領域，只擁有普通等級的魔法力。要是九分鐘的魔法失效，防守研究所的魔法師們大舉湧來，他們肯定將依循寡不敵眾的道理敗北。兩人依照直接寫入大腦（正確來說是對大腦發送電流訊號，直接將資料傳輸到精神領域，經由電流刺激，使他們反射性地隨時能查閱資料）的說明書，關閉研究所的所有警備系統。

時機真的是千鈞一髮。兩人完成工作大約十秒之後，超過十人的大漢魔法師集團，頭戴相同款式的暗沉光澤金屬頭帶襲擊而來。經過短短幾分鐘的激烈槍戰與魔法較量——管制室因為高熱與暴風而癱瘓。

研究所因為保全系統當機而門戶大開，元造穿過兩道隔離牆時，才察覺同伴已經自爆。這種人體自燃的機制，是為了避免殘留證據以及避免基因樣本外流，預先施加在身上的條件發動型魔法。元造的魔法知覺捕捉到這個術式的發動。

（——抱歉。）

元造只在心中簡短向兩人道歉。如同他自己的宣言，這場戰鬥源自元造的私怨，但族人們以自己的意志追隨元造。所以像這樣向犧牲者道歉，或許是愚弄他們的決心——元造明知如此，依然不禁向死去的同伴們道歉。

這麼一來，四葉一族在這一戰的死亡人數為二十九人，相當於四葉旗下實戰魔法師的一半。相對的，敵方死者包含魔法師約三千五百人。元造覺得不划算。四葉魔法師沒有廉價到光是屠殺一百二十倍的敵人就能抵銷。元造下定決心，非得親自讓這筆帳達到收支平衡的水準。

不同於思緒，他的身體未曾停止行動。今天的目標是崑崙方院的總院長。元造專注地沿著警備系統癱瘓的走廊跑向核心區域。無論是不是魔法師，擋在他前方的人，都在他高舉的刀下成為亡魂。一般來說不可能意識得到的魔法演算領域，元造卻感覺已經過熱，即將達到極限。再這樣下去，他的精神應該會燃燒斷裂，但他依然不能在這時候停下腳步。

最後一扇門就在前方。元造沒停下腳步，而是一口氣加速。

魔法氣息在室內膨脹。

魔法力恐怕和他不分上下的魔法師有四人。還有總院長以及同夥的掌權者。元造要找的真正敵人就在眼前，護衛們朝元造施展魔法。

然而，他們的魔法沒完成。

元造的魔法更快。

四名魔法師的實力和元造幾乎是平分秋色，但元造依然比對方快了一兩步。這是因為他的魔法已經在發動了。

元造水平舉起刀子，預料接下來的動作將是橫砍。但他還沒揮刀，四名敵方魔法師就脖子噴血而倒下了。

元造的魔法「死神凶刃」，是將特定印象灌輸到對方內心的精神干涉系魔法。元造灌輸的印象是「死亡」。對預先給予死亡印象的對手，出示死亡印象的象徵，就可以給予強烈暗示。一開始的印象即使是單方面展示也行。無論直接或間接都無妨，距離或時間也不會成為阻礙。只要對方記得這個印象，就可以增幅數萬倍，成為甚至對身體產生作用的暗示。

既然暗示來自於自己的記憶，任何防禦都沒有意義。和元造對峙的人，將會第二次被自己殺害。不過要發動「死神凶刃」這個魔法，必須直接見到對方才行。元造與敵人親眼認知到彼此，這個魔法才能成立。是一種必須親自衝進絕境才開始發揮效果的魔法。

元造無暇確認四名魔法師是否喪命，再度水平橫揮刀子。崑崙方院的總院長、大漢政府的軍務長官，以及其他在現場發抖的大漢掌權人們，同時從脖子噴血而倒地。

（真不盡興。）

元造俯視眼前的屍體群，在心中自言自語。這半年從末端慢慢追討至今，他有自信令對方體

會到十足的恐懼。但是像這樣除掉最終目標之後，就覺得或許應該稍微折磨之後再殺掉。

忽然間——

元造感覺頭昏眼花而跪地。

頭痛欲裂。

（不對……）

元造在劇痛之中，察覺這股痛楚不是來自身體，而是從心理逆流的現象。反覆使用「死神凶刃」，導致精神超過極限了。

元造察覺到自己的死期。

（我無法回日本了。）

沒有根據。至今還沒有人能客觀測量魔法演算領域的極限，但元造抱持確信。操縱死亡印象的他，感覺在至今的人生中，現在是最接近死亡的一刻。

元造朝顫抖的雙腿使力起身。這座研究所還有超過百人的中階研究員與魔法師。

（就當成三途川的渡船費收下吧。）

元造咧嘴露出牙齒一笑。

（深夜、真夜，對不起。）

元造在心中向再也見不到的愛女們道歉，為了尋找下一個獵物而狂奔。

就這樣，四葉的報復結束了。之後只留下悲劇。

四葉真夜因為當時的身體創傷而失去了生殖能力。即使是發達到能製作移植用四肢的再生醫療，也沒能讓她恢復女性功能。

四葉家以無法生育為理由，要求七草家取消真夜與弘一之間的婚約。七草弘一在失去右眼的同時，也永遠失去戀人。弘一可以經由複製技術製作可供移植的眼球，但弘一表示無法容許只有自己若無其事、完好無缺地活下去，拒絕接受治療。

深夜在這個事件之後，如同懲罰自己般，反覆地過度使用精神干涉魔法，還沒二十歲就弄壞身體。她重複住院的療養生活長達十年。

四葉為了避免真夜遭遇的悲劇重演，決定由族裡魔法天分特別優秀的人擔任專屬護衛。不是受金錢雇用暫時擔任護衛，是盡其一生以性命完成護衛職責——這就是「守護者」的誕生。

在這場四葉與大漢的暗鬥當中，四葉這邊的死者總共三十人。四葉在這場戰鬥失去了當家與一半的戰力。

另一方面，大漢的死者約四千人。四葉一族僅僅犧牲三十人，就暗殺掉四千名內閣官員、高官、軍官、魔法師與研究員，將中華大陸的現代魔法研究成果破壞殆盡。

大漢在這樣的重創之下，一年後從內部瓦解，大亞聯盟統一中華大陸。

東亞南北對立的終結，促使北半球的世界連續戰爭終結。

大戰落幕。

而知道大漢瓦解真相的人們，將四葉稱為「不可侵犯（untouchable）之禁忌」而畏懼。

後記

非常感謝各位本次也購買、閱讀《魔法科高中的劣等生》。初次拿起本書的讀者，今後也請你們多多指教。

本次的第八集，是定位為第零章的往事篇，加上一篇時代更早的短篇。短篇《不可侵犯之禁忌》從頭說來，是作為追憶篇的前文而撰寫的，因此以短篇規格來說也很短。這篇擺在卷末是編輯M木大人的建議，這個順序確實較能凸顯深夜與四葉的異常性，我覺得很棒。

說到短，我提交本書原稿的時候，詢問M木大人「這樣很短吧？」結果他傻眼地回應我「文庫原本就是這種長度」。這是資歷尚淺造成的無知吧，非得反省才行……不過即使反省，也不一定能活用於下一本就是了。

我並不是認為「長一點閱讀起來比較過癮又划算」，有時卻會在原稿完成之後發現變得很長。如果像是電擊文庫雜誌連載那樣，從一開始寫作時就注意「文量」，或許就能遵守字數規定，但要是沒強烈意識到文量限制，我似乎有一個不小心就會寫太多的傾向。

本月發售的有聲劇就是最好的例子（不曉得該說好例子還是壞例子）。上頭要求提供有聲劇CD的原稿，我提議「想將追憶篇的往事部分寫成劇本」並且獲准，但我誤以為上頭答應將追憶篇的往事部分「全部錄為有聲劇」。我抱持悠哉的念頭，心想一張CD應該塞不下這樣的份量，以為會以三張或四張的套裝方式解決，完全忽略製作成本。

幸好以一般DVD的規格就可以解決，不過在確定媒體規格之前，我一直很擔心。至於參與製作的相關人士，應該不只是擔心的程度吧——請容我借用這裡的篇幅，再度向各位致歉。

不過多虧各位相關人士竭盡所能，我認為這是能讓各位書迷盡情享受的一部有聲劇。

總覺得好像變成在宣傳有聲劇DVD，但我認為本書肯定也能讓各位滿意——我由衷祈禱拿起本書的各位讀者都覺得「有趣」。

那麼，接下來的第九集〈來訪者篇〉上集，也請各位務必多多支持。

（佐島 勤）

Kadokawa Light Novels

噬血狂襲 1~2 待續

作者：三雲岳斗　插畫：マニャ子

歐洲真祖「遺忘戰王」派出的使者，
及監視他的紗矢華突然出現在絃神市──

「第四真祖」曉古城總算適應了讓監視者姬柊雪菜跟進跟出的生活，並逐漸取回自己安詳無憂的日常節奏。某天，歐洲真祖派出的使者瓦特拉，以及負責監視他的紗矢華出現在古城面前──他們的來到，只是絃神島將在巨大陰謀下面臨存亡危機的前兆罷了──

各 **NT$190~220/HK$50~60**

台湾角川

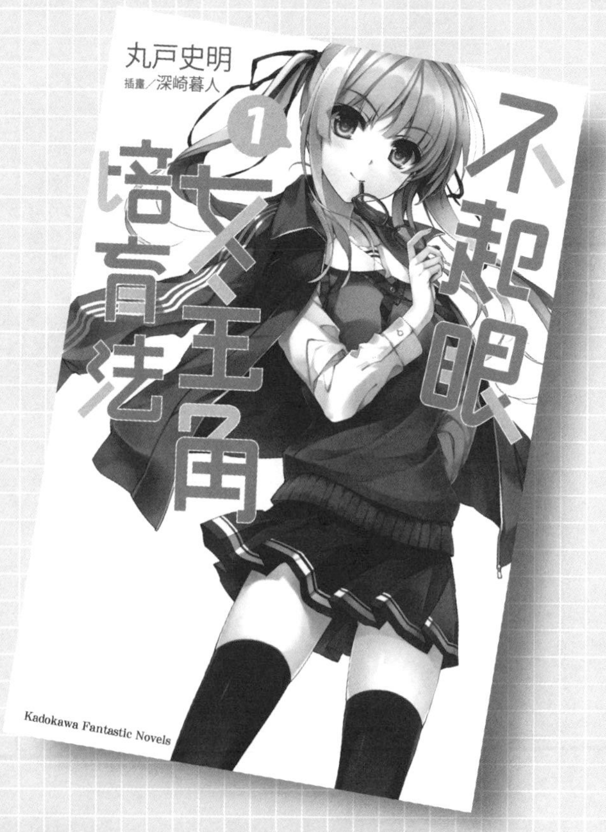

不起眼女主角培育法 1 待續

作者：丸戸史明　插畫：深崎暮人

「我要將妳，栽培成令人心動得小鹿亂撞的第一女主角！」

我──安藝倫也，在把一名不起眼的少女培養成體面的女主角之餘，更以她為藍本製作美少女遊…「啊，別揉掉！那是我花一個晚上好不容易寫出來的企畫書！」「寫一篇只有封面的企畫書為何會花掉一整晚啊？」…就這樣，培養第一女主角的育成喜劇開演！

NT$180/HK$50

Kadokawa Light Novels

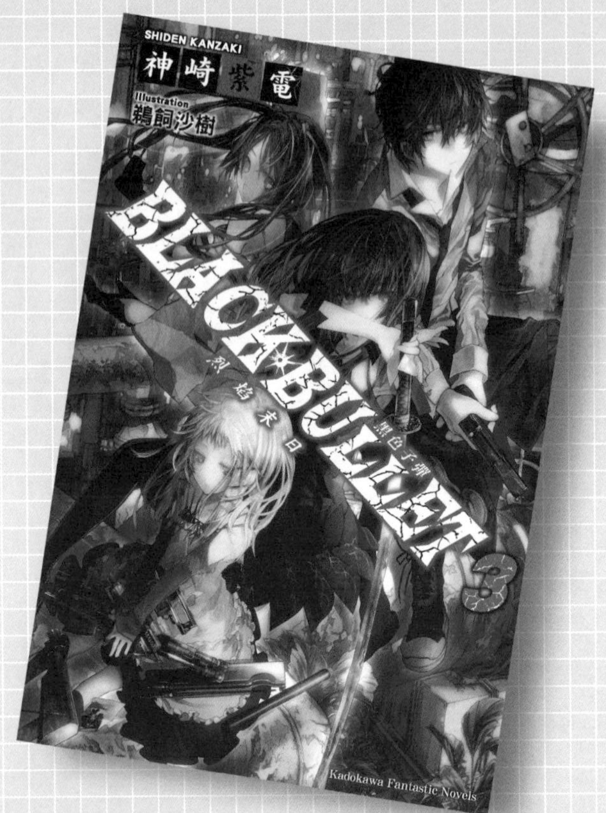

黑色子彈 1~3 待續

作者：神崎紫電　插畫：鵜飼沙樹

防止原腸動物入侵的巨石碑瀕臨崩塌，
東京地區即將迎接毀滅危機!?

不久的未來，人類敗給病毒性寄生生物「原腸動物」，被驅逐至狹窄的領土，帶著恐懼與絕望苟且偷生。居住於東京地區的少年里見蓮太郎是對抗原腸動物的專家「民警」成員，專門從事危險的工作。某天接獲政府的高度機密任務，內容是避免東京毀滅……

各 **NT$180~220/HK$50~60**

台湾角川

Kadokawa Light Novels

我被女生倒追，惹妹妹生氣了？ 1~2 待續

作者：野島けんじ　　插畫：武藤此史

《變裝魔界留學生》作者&插畫家最新力作！
美少女和哥哥之間竟有「不能說的祕密」？

高中男生一之瀨悠斗跟妹妹亞夢擁有稀有體質看得到靈，更因為某起事件發現亞夢是突變靈，兩人試圖讓亞夢變回人類。這時，一名美少女突變靈爆炸性發言：「我跟一之瀨悠斗同學之間有不能告訴任何人的祕密。」妹妹聞言激怒不已！第二集震撼登場！

台湾角川

各 **NT$180/HK$50**

國家圖書館出版品預行編目資料

魔法科高中的劣等生. 8, 追憶篇 /
佐島勤作 ; 哈泥蛙譯. ——初版.——臺北市：
臺灣國際角川, 2013.08
　面；　公分

譯自：魔法科高校の劣等生. 8, 追憶編
ISBN 978-986-325-541-3（平裝）

861.57　　　　102012209

Kadokawa
Fantastic
Novels

魔法科高中的劣等生 8
追憶篇

（原著名：魔法科高校の劣等生8 追憶編）

2013年8月15日 初版第1刷發行
2022年3月15日 初版第9刷發行

作　者：佐島 勤
插　畫：石田可奈
日版設計：BEE-PEE
譯　者：哈泥蛙

發行人：岩崎剛人
總編輯：蔡佩芬
編　輯：黎夢萍
美術設計：黃永漢
印　務：李明修（主任）、張加恩（主任）、張凱棋

發行所：台灣角川股份有限公司
地　址：104台北市中山區松江路223號3樓
電　話：（02）2515-3000
傳　真：（02）2515-0033
網　址：www.kadokawa.com.tw
劃撥帳戶：台灣角川股份有限公司
劃撥帳號：19487412
法律顧問：有澤法律事務所
製　版：巨茂科技印刷有限公司
ISBN：978-986-325-541-3
